जिंदगीनामा

(कविता एवं कहानी संग्रह)

प्रीति दक्ष

सन्मति पब्लिशर्स एण्ड डिस्ट्रीब्यूटर्स

ISBN: 978-93-851934-6-0

प्रकाशक

सन्मति पब्लिशर्स एण्ड डिस्ट्रीब्यूटर्स

मुख्य कार्यालयः

बी–347, संजय विहार,

मेरठ रोड, हापुड़–245101 (उ0प्र0)

प्रशासनिक कार्यालयः

एच–211, सेक्टर–63,

नोएडा (उ0प्र0)

Email: sanmati555@gmail.com

मो. 8439645104, 09997184964

प्रथम संस्करणः 2016

डिजाईन एण्ड टाईप सैटिंग

RETROTECH

जिंदगीनामा अर्थात समाज का दर्पण

कवयित्री एवं लेखिका **प्रीति दक्ष** से मैं व्यक्तिगत रूप से शायद कभी नहीं मिला हूँ लेकिन पवन जी ने जब मुझे इनका काव्य संग्रह **'कुछ तेरी कुछ मेरी'** भेंट किया तो मैंने सरसरी तौर पर उसके पन्ने पलट कर देखे। प्यार और मुहब्बत से इतर इनकी कविताओं ने मेरे अंतस पर सीधे असर किया और मैं इनकी रचनाओं के भाव, भाषा, शिल्प और अभिव्यक्ति से प्रभावित हुए बिना न रह सका।

प्रीति दक्ष की दूसरी पुस्तक **'जिंदगीनामा'** के लिए भूमिका लिखने के पवन जी के अनुरोध को मैं टाल न सका और थोड़ी फुरसत मिलते ही मैंने पाण्डुलिपि पढ़ी। हम सभी सुनते और कहते आये हैं कि साहित्य समाज का दर्पण होता है और ये तथ्य बहुत दिनों बाद मुझे **प्रीति दक्ष** की **'जिंदगीनामा'** में परिलक्षित हुआ। यह बात मैं यूँ ही नहीं कह रहा, इनकी रचनाओं को देखकर और परखकर ही कह रहा हूँ। कविता लिखने का जो तेवर प्रीति में है वह सामान्यत इन दिनों देखने में नहीं आता। भावों की तीव्रता और रचनाओं में उनको अभिव्यक्त करने का इनका जो कौशल है वह इन्हें संफल रचनाकार की श्रेणी में खड़ा करता है।

आज हम जिस समाज में रह रहे हैं वह भावशून्य और संवेदनहीन है। समाज का अधिकांश वर्ग न तो दूसरो के दुःख को देखना चाहता है और न उन्हें सुनना चाहता है। **प्रीति दक्ष** की अधिकांश रचनाओं में आज के समाज का यथार्थ नजर आता है। **प्रीति दक्ष** के भीतर का रचनाकार सिर्फ अपने दर्द से दुखी नहीं है बल्कि सामाजिक विसंगतियो, समाज के निम्नतर स्तर के प्राणियों की वेदना और त्रासदी से **प्रीति दक्ष** का दुःख उनकी रचनाओं में उभर कर आता है, जिससे ये पता चलता है कि **प्रीति दक्ष** जैसी रचनाकार आज भी इंसानियत को जिंदा रखने हेतु प्रयासरत है। अपनी रचनाओं के माध्यम से प्रीति पाठको के माध्यम से देश और समाज को सन्देश देना चाहती है कि कभी दूसरो के गम को अपना गम और खुशी को अपनी खुशी मान कर देखो तो ये दुनिया बहुत खूबसूरत नजर आएगी।

प्रीति दक्ष की रचनाओं में जहाँ गंभीरता है वहां उन्होंने हास्य व्यंग्य के माध्यम से हंसाने की भी कोशिश की है और व्यवस्था पर प्रहार भी किया है। **'जिंदगीनामा'** में अतुकांत कवितायें, ग़ज़ल, हाइकु, त्रिवेणियाँ, वर्ण पिरामिड और कहानियाँ है जो ये साबित करने के लिए पर्याप्त हैं कि **प्रीति दक्ष** अपने नाम के

अनुरूप साहित्य की समस्त विधाओ में दक्ष है।

मैं इन्हें साधुवाद देते हुए इनकी रचनाधर्मिता को नमन करता हूँ और आशा करता हूँ कि वे निरंतर लिखती रहेगी और समाज का यथार्थ हम सब के सम्मुख रख कर खो रही मानवता को फिर से वापिस लाने की कोशिश करती रहेंगी।

शुभकामनाओं सहित

गाजियाबाद

29 जून 2016

डॉ कुंअर बेचैन

मेरी कलम से

दोस्तों ,

आज अपनी दूसरी किताब **'जिंदगीनामा'** को आपके हाथों में देख कर बेहद ही खुशी की अनुभूति हो रही है। मेरी पहली किताब **'कुछ तेरी कुछ मेरी'** को आप सभी ने बेहद सराहा और मेरी लेखनी को बढ़ावा दिया। पता नहीं था कि इतनी जल्दी मेरी कविताओं का दूसरा संकलन आप सबके समक्ष रख पाउंगी पर ये आप सबका दिया हौसला ही था जो ये मुकाम भी पा लिया।

उपरवाले, मेरे माता–पिता, अपने बड़ों, अपने साथियों और अपने छोटों के प्यार का हासिल है **'जिन्दगीनामा'** ।

मैं ये किताब अपनी **माँ 'सुधा यादव'** और अपने **पिता 'कृष्ण कुमार जी'** को समर्पित करती हूँ। माँ ने मेरी जिन्दगी का विष पी कर अमृत से भर दिया और पापा ने कृष्ण बन कर हमेशा मुझे हर चक्रव्यूह से उबारा। मेरा कोटि–कोटि नमन मेरे मम्मी पापा को।

इस संकलन में मैंने सभी कुछ शामिल किया है जिन्दगी से जुड़ी कवितायें, बाल कवितायें, हास्य कवितायें, त्रिवेणी, ग़ज़ल, सीपिकाएँ, हाइकु, वर्ण पिरामिड और कहानियाँ। जिन्दगी से मैंने जो सीखा, देखा और महसूस किया उन सब का निचोड़ है **'जिंदगीनामा' ।**

'कुछ तेरी कुछ मेरी' का कारवां आगे बढ़ाया है मैंने **'जिंदगीनामा'** से जिसमें अपनी, आपकी, सबकी रोजमर्रा के जीवन से जुड़ी बातें हैं जिसे मैंने शब्दों में पिरोया है बस।

'फुर्सत', 'मैं आजाद हूँ', 'बीते हुए पल', 'आ ना सखी', 'तरीके', 'बचपन', 'शाम', 'फरमान', 'अक्षर' और 'कश्मकश' में अपने दिल की कही है।

कान्हा के बिना तो ये दुनिया अधूरी है तो मेरी किताब कैसे पूरी हो सकती है उनके बिना। **'श्याम रंग', 'केशव सखा' और 'वसंत आयो री'** कान्हा को समर्पित हैं।

बिटिया विदुषी के लिए **'माँ–बेटी'** हर माँ के मन के डर को उजागर करती हैं। समस्त माओं को समर्पित **'पतंग', 'माँ का ख़त', 'पिंडदान', 'संवाद',**

'फरिश्ता', 'सीता' और 'औरत'। आशा करती हूँ आप सबको बेहद पसंद आएंगी।

समाज के पहलुओं को छूती मेरी रचनाएँ **'कालू', 'हरिजन', 'गौरैय्या', 'कठपुतली', 'बंधुआ', 'डाकिया', 'घर', 'मौत', 'ओ.पी.डी', 'गरीब', 'दंगे', 'भ्रम', 'दर्पण', 'दरियां', 'हिंसा', 'सिग्नल' और 'चेहरे'** मेरे दिल के बेहद करीब हैं।

बच्चों के लिए इस बार कुछ खट्टी मीठी गुदगुदाती कवितायें भी ले के आई हूँ **'मिठाई', 'गर्मी की छुट्टी', 'सर्दी के दिन', 'अनपढ़ बन्दर', 'शरारत' और 'एग्जाम'**। उम्मीद करती हूँ बच्चों के साथ आप सबको भी पसंद आएंगी।

हास्य के बिना जीवन सूना है, तो दोस्तों इस बार कुछ हास्य रचनाएँ भी आपके सम्मुख है **'कीर्तन', 'रेल यात्रा', 'श्रृंगार रस', 'शिकायत', और 'अफसर'**।

कुछ ग़ज़ल, कुछ त्रिवेणियां, हाइकु, पिरामिड और सीपिकाएँ से सजी है ये किताब।

दोस्तों, इस बार मैंने कुछ अपनी लिखी कहानियां भी सम्मिलत की हैं। **'जिंदगीनामा'** में **'वो कौन था' और 'मंदिर वाली माताजी'** मेरे जिन्दगी के अविस्मरणीय पल हैं जो मेरी जिन्दगी में घटित हुए हैं। **'राधा की मौत'** और **'आभासी दोस्त'** हमारे आज के हालत को बताती कहानियां हैं।

बस दोस्तों यही है मेरा **'जिंदगीनामा'** जो मैंने महसूस किया जो मैंने जिया। उम्मीद करती हूँ आप सबका आशीर्वाद मुझे प्राप्त होगा।

प्रीति दक्ष

अनुक्रमिका

नया आकाश

उम्मीद की भट्टी में तपते
सपने कच्चे हैं
ना–ना, छूना ना
आकार ले रही हैं
इनमे आशाएं
जिन्हे कल बड़ा होकर
भविष्य के नव निर्माण की
पुख्ता नींव रखनी है
हो सके तो
जतन से पकते
इन सपनों को
सुन्दर गीत दो
अनंत अपार खुशी दो
संभावनाओं से भरी
नयी सुबह दो
नया आकाश दो।

फुरसत

मैं कुछ पल फुरसत के चाहती हूँ
हर बंधन से रिहाई चाहती हूँ

कुछ फुरसत कलैंडर से
न डराए वो
आने वाले दिन की परेशानियों से

कुछ फुरसत घड़ी की
टिक–टिक से
जो भागती है तेज मुझसे तेज

कुछ फुरसत उस अपार अनंत ट्रैफिक से
जो चलता तो मेरे साथ है
पर हर कोई तन्हा है

कुछ फुरसत उन शिकवे शिकायतों से
जो मेरे घर पहुँचते ही
मेरे अपने करते हैं

कुछ फुरसत उन उकताहट भरी खबरों से
जो इतनी हो गयी हैं कि
जेहन को भी नहीं झकझोरती

अब कुछ पल दुनिया से विदाई चाहती हूँ
मैं कुछ पल अपने लिए तन्हाई चाहती हूँ।

मैं आज़ाद हूँ

खिड़कियां खोल दो
परदे हटा दो
हवा को आने दो
धूप को मेरा दरवाजा
खटखटाने दो

तुम भी करो अभिनन्दन
मेरे मुक्तिपर्व का

क्या कहा तुमने?
मैं कहाँ थी?

बस
खो गई थी किसी तिलिस्म में
आज अपने आपको मिल गई हूँ
अपनी आवाज और अपनी बोली भी भूल गई थी
सुनना भी भूल गई थी
सुनाना भी

कई दिनों से बच्चों की
भाषा भी कुछ अजीब सी लगती थी
मुझे उनकी चिल्लाहट सुनें
लगता था युग बीत गया
पर अब सनने लगी हूँ
इसलिए खूब बोलो

घर में आ कर हंसकर चिल्लाओ
मैं भी खुल कर हँसुंगी तुम्हारे साथ

हाँ! डरो मत! आओ न!
भीतर चले आओ तुम
अँधेरा जो पसरा था मेरे अंदर
उसको हम साथ मिल कर,
कहेंगे 'जोर लगा के हईशा'
और फेंक देंगे बाहर
आओ न! आओ!
अब मैं अपने वश में हूँ
किसी और के नहीं
इसलिए रुको मत
हम सब उत्सव मनाएंगे
मेरे मुक्ति पर्व का
मैं आजाद हुई हूँ आज।

पतंग

माई री माई
मुझे पतंग दिला दे,
कुछ काली, कुछ पीली सी
कुछ रंगबिरंगी, कुछ नीली सी,

मेरे सपने अभी कच्चे हैं
पर तू डोर दिलाना पक्की सी,
जिनमे बाँध अपने सपनों को
जाने दूंगी ऊपर और ऊपर,
आकाश की ऊँचाइयों को नापने
खुले और स्वतंत्र आसमान में,
डोर के बंधन से मुक्त
लहराएगी मेरी पतंग,

मेरी पतंग छू लेगी चाँद को
उड़ेगी आसमान में पंछियों की तरह,
नीला आसमां मैं ओढ़ लूँगी
सजाऊँगी खुद पे
उगते सूरज का सिन्दूरी रंग

मैं चाहती हूँ माई, तेरी सारी
दुःख और तकलीफों को,
किसी पतंग में बाँध उड़ा दूँ
ऊँचे आसमान में,
और तेज किसी मांझे से
काट दूँ उस पतंग को,

दूर किसी और लोक में
जो तू सिर्फ मुस्कुराये सदा,

माई री माई
मुझे पतंग दिला दे,
कुछ काली कुछ पीली सी
कुछ रंगबिरंगी कुछ नीली सी।

बीते हुए पल

क्यों न घडी भर थोडा पीछे देख लूँ
क्षण भर के लिए ही सही
एक पल को ही रोक लूँ,
क्या छूट गया, क्या साथ चला
बस अपनों के दम से यह
भावनाओं का कारवां आगे बढ़ा,

नहीं याद मुझे तारीख कोई
न कोई वार न कोई वर्ष,
बस याद रहा तो केवल
साँसों की कड़ी का नन्हा सा संघर्ष,

जो हर सांस ये सिखलाता रहा
बतलाता गया, समझाता रहा,
क्या कुछ तेरा अपना है,
सपना है या तेरा केवल प्रयत्न है,

जब नहीं मिला उत्तर कोई
न ही कोई सुनाई दी आवाज,
बस दे गई तो चेतना
हल्की सी एक दस्तक,

आगे देख खड़ा है क्षितिज
बाहें फैलता हुआ मुस्कुराता हुआ,
चला चल मग्न हो कर, मस्त पवन सा
न आह भर, न थाह ले
बस चला चल,
चला चल, चला चल।

माँ–बेटी

युवा होती बेटी में अंगड़ाई ले रही है स्त्री
माँ को दिन–रात यही चिंता खाए जाती है,
दोनों के रिश्ते नहीं हैं अब पहले से सहज
माँ को बेटी कुछ अजनबी सी लगने लगी है
बहुत कुछ छुपाना सीख गई है वह माँ से अब,

दोनों नहीं करती अब
रिमोट के साथ पहले की सी मटरगश्ती
बेटी के लिए शौक और किरदार बदल गए,
युवा होती बेटी के लिए
दुनिया की रंगीन किताब के पृष्ठ धीरे–धीरे खुल रहे हैं,
उसके पास केवल अभी चटक रंग है
माँ रंगीन किताब के भीतर की
काली लिखावट भी पहचानती है,

माँ की खीझ का शिकार रोज ही होती है बेटी
बिटिया जैसे–जैसे बड़ी हो रही है,
दिन–रात आशंकाओं में जीती है माँ
जाने कब, कहाँ, कुछ ऊँच–नीच हो जाए,
सड़कों पर आए दिन
लड़कियों को सरेआम उठा लिए जाने की घटनाओं से
बेहद चिंतित होती है माँ,
स्वार्थी युवकों के प्रेम–जाल में फँस कर
घर से बेघर हुई तमाम लड़कियों के हाल सुन–सुन
नित्य बेहाल होती है माँ,
माँ चौबीसों घंटे नजर रखती है बिटिया पर

उसका पहनावा,
साज–श्रृंगार,
मोबाइल पर बतियाना,
बाथरूम में गुनगुनाना,
सब पर निरंतर टिका रहता है माँ का ध्यान
जैसे बगुला ताकता रहता है निर्निमेष मछली की चाल,

माँ जैसे झपट कर निगल जाना चाहती है
बिटिया की हर एक आपदा,
बिटिया बचना चाहती है
माँ की आँखों के स्कैनर से,
वह चहचहाना चाहती है
बाहर आम के पेड़ पर बैठी चिड़िया की तरह,
वह आसमान में उड़ कर छू लेना चाहती है
अपनी कल्पनाओं के क्षितिज को,
पर उसकी समझ में नहीं आता कि
चारों तरफ पसरी अनिश्चितताओं के बीच,
वह कैसे निश्चिंत करे अपनी माँ को
और आश्वस्त करे उसे अपने भविष्य के प्रति,

युवा होती बेटी अक्सर नींद में मुस्कुराती है,
माँ को चिंता में दुःस्वपन ज्यादा आते हैं।

गौरैया

नहीं दिखती अब तुम गौरैया
मेरे घर के कमरों में टंगी तस्वीरों के पीछे
और कभी अलमारी के ऊपर,
अपने साथी से मिलकर तुम
तिनका–तिनका चुनकर नीड़ बनाती,

वो तुम्हारी खिड़की तक की उड़ान
वो मेरी पंखा बंद करने की दौड़,
तुम्हे चोट लगने के डर से
इकट्ठे होती थी,

अचानक एक दिन
तुम्हारे घोंसले से उठती,
नन्हे नन्हे मेहमानों की
चीं–चीं की आवाज
उनके आगमन का संदेसा दे जाती,

बारी–बारी से अपनी चोंच में
कुछ खाना भरके लाना,
और अनवरत लगे रहना
मेरे बाल मन के लिए,
कौतुहल का विषय था
तुम्हारा कभी न थकना,
जिन बच्चों के लिए
तुम्हारी चिंता देखते बनती थी,
उन्ही को एक दिन पंख आते ही

धक्का दे घोंसले से गिरा देती,
और दे देती उन्हें एक
अनंत विस्तार आकाश का,
ये कैसी तुमने पायी
प्रेम और अनासक्ति की पराकाष्ठा,

अब नहीं दिखती तुम गौरैया
जबसे ईंट पत्थर के मकानों में,
रहने वालों के दिल भी
कंक्रीट के हो गए,
छत मुंडेर पर जबसे
मोबाइल टावर के जाल बिछ गए,

सहमी सी बैठी तुम गौरैया
टूटे अपने पंख सहलाये,
दम घुटता है साँसें दुखती
उड़ जाने की आस लगाए,

दाना भी है, पानी भी
मीठे बोल हैं, रवानी भी,
पर घर में घुस नीड बनाने को
अब कोई रोशनदान नहीं,

इसलिए तुम चलीं गयीं
रूठ के कहीं खो गयीं,
लौट कर आओ एक बार फिर
नीड सजाओ एक बार फिर,
हमें जीवन का मर्म गौरैया
सिखाओ एक बार फिर।।

कठपुतली

दीवार पर खूंटी से टँगी
एक जोड़ा कठपुतली को,
जाने किस तमाशे का इंतजार है
कठपुतली की हर थिरकन का,
होता कोई और नियंत्रक
कठपुतलियों के अधिकार नहीं होते,

सूत्रधार अंधेरे में खड़ा है
मंच पर परदे के पीछे,
दर्शक सांस थामे बैठे हैं
उलझा जीवन सुलझाने के लिए
अनेक गाँठें खुलतीं हैं,
वह कसता जाता है डोर
सटीक, उंगलियों में छोर फँसे हैं,
सूत्रधार के मुँह से निकलती
सीटी की तीखी आवाज पर,
नाचने लगती है कठपुतली
मिट्टी खाए मुँह में डाले टेढ़ी अँगुली,

अचानक बिजली कौंधी
और सदा मुट्ठी में,
रहने वाली कठपुतली
चीरकर सूत्रधार की अंगुलियां,
तुड़ा कर हर डोर
हाथ से निकल कर खो गयीं,
मंच की रंगीन रौशनी को चीर
विद्रोह करते हुए कि,
बहुत दिन हुए
हमें अपने मन के छंद छुए।

डाकिया

मोबाइल की ट्रिंग–ट्रिंग ने
कर दिया हमें
दरवाजे पर तुम्हारी दस्तक से महरूम,

भूल गयी वो गली में आती तुम्हारी
टूटी साइकिल की चेन की करड़–करड़,
और हाथ के अंगूठे से घंटी का कान उमेठती
ट्रिंग–ट्रिंग की आवाज
और तुम्हारा डाकिया चिल्लाना,

खिड़की पर बैठ बेसब्री से किसी अपने के सन्देश
के आने का वो इंतजार,
इतने में तुम्हारा आना अचानक
दे जाता प्रिय का संदेशा,
कुछ पुलकन, कुछ आशंकाएँ
प्रिय के अक्षर देख प्रिया को
पुनर्मिलन का सुख मिल जाता,

नहीं बचेंगे इश्क और जुदाई
नहीं बचेगा चंद अल्फाज को कलमबंद करने का सब्र,
तकिये के नीचे चिट्ठी को रख सोने पर
मीठे सपने आने का एहसास,
और एक अदद खत में अपना दिल उड़ेलने की
जादूगरी नहीं बचेगी,

खत्म हो जाएगा माँ बाप की
सूनी आँखों का इंतजार,
बहन की राखी का सगुन
तुम्हारी खाकी वर्दी की पहचान,
सुख और दुख को अपने झोले में भरकर
हर घर की चौखट पर तुम्हारा इंतजार,

तुम्हारी पदचापों को पहचानने के अभ्यस्त हमारे कान
बिजली के संवेदनहीन उपकरणों की
कर्कश आवाज में गुम हो
इस शिनाख्त का कत्ल कर चुके होंगे।

घर

करीने से सजा घर
उदासी की चादर में सिमटा,
निष्प्राण सा
बच्चों के बिना,

अचानक जीवंत हो उठता है
स्कूल से लौटते बच्चों के
किस्से कहानियों से,
फर्श खुश है कि बहार की धूल
आई है जूतों में लग कर
उससे बतियाने,

सोफे खुश है
बिखरी है यूनिफार्म,
जिसमे से आती
पसीने के गंध अच्छी है
रूम फ्रेशनर की सुगंध से,

किचन महक रही है
तवा चहक रहा है,
प्लेट सज रही है
कुकर खुशी के मारे
सीटी बजा रहा है,

चीजें जाना चाहती हैं
बच्चों के हाथों में,
ताकि कोई नया नाम
नया काम और
उनके होने की कोई नई वजह मिल सके,

अस्त व्यस्त घर
कितना खुश है,
बच्चों के ऊधम से।

मौत

घर में पलंग पर पड़ी
अस्सी साल की दादी,
हर क्षण दुआ कर रही है
अपने लिए मौत की,
हाथ पैर चलते नहीं
आँख से दिखाई देता नहीं,
मुह में दांत ना पेट में आंत
घर वाले चाहते हैं
दादी के सिधारने से पहले
पोते की शादी हो जाए,

बड़ी मुरादों से पोते की
शादी तय हुई है,
सुबह घर से निकला तो
बहुत खुश था,
शेरवानी लाने जो जा रहा था
अपने ब्याह की,

पैर छू कर आशीर्वाद लिए दादी के
लाखों में एक है पोता
खूब लम्बी उम्र पाये,
दादी की आँख में
खुशी के आंसू उमड़ आये,

शाम को खबर आई
सड़क पार करते,
किसी ट्रक वाले ने
कुचल दिया उसे,
शेरवानी पास ही थी उसके
जब मौत हुई,

समझ नहीं आता
मौत क्यों अक्सर भ्रमित होती है,
चली आती है उनके पास
जो जीना चाहते हैं
और उन्हें पहचानती नहीं
जो जी रहे हैं मुर्दों की तरह।

माँ का खत

प्यारे बेटे
राजू,
गाँव और शहर के बीच की बढ़ती हुई दूरियों
और तेरी मजबूरियों से भरा
खत मिला,

तू मेरी चिंता मत कर बेटा,
आराम से शहर में रह,
अच्छा ओढ़–पहन, कमा–खा,
इन बूढ़ी साँसों का क्या है,
गिनती की बची हैं
जाने कब उखड़ जाएं

जब तेरी याद ज्यादा सताती है
तो मोतियाबिंद भरी आँखों में
आँसुओं के मोती भर लेती हूँ,
और थरथराते सीने पर
चकिया का भारी पत्थर धर लेती हूँ

एक बात कहूँ बेटा
इसे सठियाई सीख समझ मत भुलाना,
अपने बच्चों को तू
कभी बड़ा शहर मत दिखाना,
नहीं तो तेरा शहर भी,
उन्हें मेरे गाँव–सा छोटा लगेगा,
फिर तू कब तक और कहाँ तक
उनके आने की राह तकेगा,

मैं अनपढ़ गँवार जो जानती
कि तू पढ़ लिख कर जो शहर जाएगा
वापस गाँव नहीं आएगा
कभी शहर ना भेजती,
गाँव की जिन गलियों में तू खेला
वही अब तुझे पिछड़ी और बदबूदार नजर आती हैं,

तेरे बापू को काल खा गया बेटा
और तेरी माँ को तेरा शहर,
बुखार से तो अब लड़ा नहीं जाता
पर हर किसी से बिन बात लड़ जाती हूँ,
आँखें भी ऐसी धुंधला गई हैं
कि रोटी पकाते वक्त
अक्सर चूल्हे की आग पकड़ जाती हूँ,

अनपढ़—गँवार समझ
मेरी कोई बात बेटा, दिल से न लगाना,
कभी फुर्सत मिले तो
चाहे किसी बहाने ही सही,
अपनी बूढी माँ के आँख बंद
होने से पहले गाँव जरुर आ जाना,
मैंने तेरी पसंद के
देसी घी के लड्डू बना कर रखे हैं
उन्हें खा मुझे तृप्त कर जाना,

ढेरों आशीर्वाद देती
तेरी माँ

केशव सखा

सखा सहज तुम
केशव मेरे,
मैं पांचाली
कृष्णा कहलाती,
कोई दुविधा जो मुझको घेरे
हर पल यह मन
तुमको टेरे,

साड़ी का आँचल जब
तुम्हारे घाव पर बाँधा,
और तुमने उसी क्षण
मेरी रक्षा का
मुझे वचन डाला,
ओह! वे क्षण
बदल गई मैं,
सुनो कृष्ण! मैंने तुम्हीं से प्रेम किया है
सहचर तुम मेरे,

तुमने कहा–
"अर्जुन मेरा मित्र, मेरा हमरूप, मेरा भक्त है
तुम इसकी हो जाओ
मैं उसकी हो गई",
तुमने कहा–
"माँ ने बांट दिया है तुमको अपने पाँचों बेटो के बीच
तुम बँट जाओ
मैं बँट गई,

तुमने कहा–
सुभद्रा अर्जुन प्रिया है,
स्वीकार लो उसे
और मैंने उसे स्वीकार लिया,

कुरुसभा में जब
अपनों ने अनसुनी कर दी
मेरी कातर पुकार,
नीति धर्म, विवेक सब बेकार,
कैसे भूलूँ तुम्हारी उत्कंठा
मुझे आवृत्त कर लेने की
सिर्फ तुमने ही उबारा,
मुझे बार–बार,

तुम परम आत्मीय, सतत समीप,
हो सर्वथा ही भिन्न,
जीवन–सहजता के मंत्र
लगे अधूरा जीवन का
हर क्षण तुम बिन,
क्षुब्ध और अशान्त
स्वत्व मेरा कुछ नहीं,
बाँट दिया सबने हिस्सों में
सिर्फ जुडी मैं तुमसे,

सखा सहज तुम
केशव मेरे,
मैं पांचाली
इसलिए कृष्णा कहलाती।

ओ. पी .डी

बड़े से अस्पताल की
ओ. पी .डी के बाहर बैठे,
बेतरतीब से कुछ चेहरे
आँखों में खामोशी,
कई सिलवटें माथे पर
और कुछ सीने पर भी,
अपनी बारी के इंतजार में

दिल और दिमाग की
प्रतिस्पर्धा चल रही है,
जितनी बडी बीमारी
उतना बड़ा बिल,
कैसे होगा?
जमीन बिकेगी या गहने,
माँग कर जुगाड़ करने में
घिस जाएंगी चप्पलें,

आदमी पालता है
सुरक्षित होने का भ्रम,
पर दरअसल जान उसकी
हर पल दाँव पर लगी रहती है,
हर वक्त ख़तरा बना रहता है,

अभिमन्यु की तरह
सभी उठाये घूम रहे हैं,
रथ का पहिया
चुनौतियों से लड़ने के लिए,

कद बढ़ता जाता है
परेशानियों का
सुरसा जैसा,
पर किसी में हुनर नहीं
हनुमान की तरह
अपना कद घटाने का।

औरत

औरत है खानाबदोश
अपने सपनो को वक्त के
पहिये पर लादे,
पिता के घर से बेघर
पति के घर पड़ाव डालती,
निरंतर घूमती है
बेटी पत्नी माँ बन,
काफिले जोड़ती रिश्तों के
फिर भी अकेली,
हिम्मत हारने का अधिकार नहीं
क्योंकि उसका दिल धड़कता है
औरों के लिए,
अगर वह रूक जाए
तो रुक जाएगा
जिन्दगी का काफिला,

इसलिए बस चलती है
और चलती जाती है 'नाज',
खानाबदोश बन औरत।

शिकायत

हे जगदीश्वर

रोज सवेरे ठन्डे पानी से
स्नान कर धुले कपड़े पहन
निकलती हूँ तुम्हारे दर्शन को,
सड़क बुहारती कम्बखत शीला को डांटते हुए
बिलकुल पवित्र पहुँचती हूं तुम्हारे मंदिर में,

हे दीनदयाल

कामवाली रोज ले आती है
अपने बेटे को,
टुकुर–टुकुर देखता है भिखारी सा
खाने के लिए इधर उधर,
उसकी नजर न लगे इसलिए
आँचल से ढक कर लाती हूँ
तुम्हारे लिए माखन मिश्री के भोग की थाली,

हे जगदीश

चौकीदार की चंचल बेटी रमिया
दो चोटियां गूँथे आ कर उनमें
फूल लगाने को मचले,
उससे पहले
तुम्हारे श्रृंगार के लिए तोड़ लेती हूँ
बगिया में खिले सारे फूल,

हे कृपानिधान

कितने बरसों से रखती हूँ व्रत
तुम्हें खुश करने के लिए,
बिना अन्न का एक दाना खाए
बस दूध, फल, मेवे और मिठाई से मिटाती हूँ भूख,
तुम क्या जानो
कितना मुश्किल है बिना अन्न जीना,

हे परमेश्वर

'ब्राह्मण भगवान समान'
इसलिए तुम्हारा आशीर्वाद पाने को,
पंडितों को खिलाती हूँ खूब जी भर कर
दरवाजे पर दो रोटी की आस लिए आए व्यक्ति से पहले,

हे विधाता

बीमार सास से बचा कर मैंने
तुम्हें अर्पण किए थे ऋतुफल,

हे सर्वव्यापी

इतने बरसों से
कितने कष्ट उठा कर स्वच्छ भाव से,
तुम्हारी भक्ति, सेवा और श्रद्धा में लीन हूँ
पर तुम निष्ठुर कभी आये नहीं दर्शन देने।

गरीब

मेरे एक परिचित ने
एक रोते बिसूरते बदहाल बच्चे की
तस्वीर बनायीं,
जो कई लाख में बिकी
और शायद किसी करोड़पति
के ड्राइंगरूम में लगी होगी
वो पेंटिंग पोडियम लाइट पर,
मेरे पूछने पर कि
उस बच्चे को,
उस तस्वीर के बदले
आपने क्या दिया?

तो जवाब आया
अजी छोड़िये,
मेरे हजार पांच सौ से
उसकी जिंदगी तो नहीं बदल जाएगी,
ऐसे लोग जैसे पैदा होते है
वैसे ही जीते हैं और मर जाते हैं,
पर हाँ, इसकी बदहाली, भूख, बेबसी, से
मेरी कलात्मकता की दुकान को,
खूब शोहरत और बड़े खरीदार
जरूर मिल जाएंगे
जिससे जिन्दगी अच्छे से चल जाएगी,

अचानक लगा वो बदहाल बच्चा
बेहद अमीर है 'नाज'
जो रोटी और कामगार देता है
ऐसे गरीब कलाकारों को!

फरिश्ता

ना रो मेरे लाल
जाने तू कौन फरिश्ता है
राम का है या पैगम्बर का है,

तेरे माथे पे तिलक नहीं
ना गले में ताबीज है,
रोने से भी पता न चलता
तू हिन्दू है या मुसलमान है,

तेरा लहू बहाने वाला
ना राम है ना रहीम है,
वो तो बस कुछ हैवान हैं
जो कसम राम की खाते हैं
कि मंदिर वहीँ बनवाएंगे,
और कुछ पैगम्बर के नाम पर
कहते मस्जिद ऊंची करवाएंगे,

भूले वो मन्त्र आयतें श्लोक नसीहतें
याद रहा सिर्फ गुम्बद भगवा,
मानवता को छोड़
देते फिरते आदेश या फतवा,
उनके लिए जब तक ना हो धर्म रक्तभरा
या नरशीश ना चढ़े हरे सुनहरे भारत को,
तृप्ति कैसे आएगी धर्मांध हैवानों को

सर्वोपरि कौन धर्म है
एक दूसरे को कैसे बताएंगे,
ये हिन्दू मुस्लिम ढाँचे हैं इंसान नहीं
अपनी संस्कृति का अस्थिकलश उठाये
जातिवाद की गंगा में पुरखों का नाम बहाएंगे,

तू ना रो ऐ फरिश्ते
मैं माँ हूँ हिन्दू या मुसलमान नहीं,
जानती हूँ बस एक बात
हर माँ के दूध के सफेद रंग से
बनता है सबके लहू का रंग लाल,
प्रसव पीड़ा भी नहीं जानती माँ की जाति
उसी माँ को दुःख पहुचाते हैवानो को लाज नहीं आती,

मैंने भी खोया अपना लाल
इस उन्मादी वहशत में,
करती हूँ दुआ
मिले वो भी ऐसी
माँ को
जो सिर्फ माँ हो
हिन्दू या मुसलमान नहीं।

दंगे

माँ की छाती से चिपका बच्चा
बस हैरानी लिये देख रहा है,
बुर्के से झांकती सहमी हुई माँ की
दो आँखें,
माँ जो भाग रही है और
बस भागे जा रही है
पीछे छोड़ती जलते हुए घर को,
बच्चा ढूंढ रहा है अपने अब्बा को
जिसके मुँह से आखरी बार
उसने 'अल्लाह हो अकबर' सुना था,
बच्चा सुन रहा है
बिना रुके होते धमाकों को
कान में आते 'जय श्री राम' के नारों को,
जो और तड़पा जाते हैं उसकी माँ को
धुएं और धूल के गुबार हैं चारों तरफ,
दूसरा बच्चा नहीं समझ पा रहा
क्यों उस दिन मार दिया गया
उसके माँ बाप को,
बेरहमी से घसीटी गयी उसकी बहन
जिसने बाद में फांसी लगा ली,
मुँह पर कपडा बांधें
उन आदमियों की आँखों में क्यों थी वहशत,
बच्चे ने सुना आखरी बार
'हे राम' अपने बाबूजी के मुँह से
और 'अल्लाह हो अकबर' दशहतगर्दों से,
सुन रहा है तड़ातड़ बरसती

गोलियों की गूँज को
जो गुम हो गयी उसके अपनों की चीखों में,

दुनिया का कोई बच्चा नहीं जानता
लोग क्यों करते है दंगे
क्या हासिल होता है इससे?,
क्यों सब कहते है 'ईश्वर अल्लाह एक है'
और उसी ईश्वर अल्लाह के नाम पर
क्यों करते हैं दंगे?,

दंगे होते है तो
बच्चे ही अनाथ होते हैं,
बच्चे यह नहीं जानते कि
दंगो में भागीदारी नहीं है मासूमो की,
फिर क्यों शामिल किया जाता है
उन्हें दंगो में,
किंतु वे ही असली भागीदार बनते हैं
दंगो के परिणामों के,
काश! दुनिया की हर कौम
दंगो को इन तमाम बच्चों
की नजर से देखती,
और हवाले कर देती दुनिया को
मासूम बच्चों के,
क्यूंकि इस दुनिया में
कल बड़ों को नहीं, इन्हीं बच्चों को जीना है,
मासूम बच्चे चारों ओर फैले रिश्तों के
बारुदी कसैलेपन को
अपनी मुस्कुराहटों की बेशुमार
खुशियों से महका देते।

सीता

वन वन भटकी मैं तुम संग
कंद मूल खाए भूल राज भोग व्यंजन,
सुकुमारी मैं अपने जनक की
कैसे वज्र गिराया,
निष्ठुर बन कर क्षण में
किसी शिला सी ठुकराई,
हे राम क्यों तुम्हे दया ना आई?

बस यह दुःख न गया अंतर से
मरी न क्यों रावण के कर से,
लंका से तो बन विजेता
जीत लाये थे क्यों तुम सीता,
सुनकर व्यंग–वचन धोबी का
प्रिया को निर्वासन दे
हार अवध में खायी,
हे राम क्यों तुम्हे दया ना आई?

सब जान, अन्जान तुम बने
अग्नि परीक्षा भी दी मैंने,
फिर भी मेरे वनवास की
तुमने आज्ञा सुनाई,
सोचा भी न अकेली स्त्री पर
क्या बीतेगी वन में,
जहाँ दुःख, लज्जा
क्रोध से संतप्त मन,
और गर्भ में आकार लेते

शिशुओं.के अलावा ना और कोई,
हे राम क्यों तुम्हे दया ना आई?

मैंने तो पत्नी धर्म निभाया
तुम्हारा हर फैसला सर माथे लगाया,
तुमने भी एक पत्नीव्रत तो निभाया
पर पतिधर्म न निभा पाये,
जब मैं चली तुम्हारे साथ वन में
क्यों न चले तुम सब त्याग मेरे संग में,
जबकि दोष न कुछ मेरा था
रामराज्य का यश इसमें ही,
बलि को सदा मिली क्यों सीता
देना था न भरत को टीका,
ऐसे राज्य को क्यों गले लगाया
जहाँ पत्नी की मर्यादा न कोई,
हे राम क्यों तुम्हे दया ना आई?

पुत्र दिए तुम्हे लव कुश से
संस्कार भर दिए अवध के,
पर मैं अवध में कैसे पाँव धरूँ
पुनः रानी का कैसे स्वाँग भरूँ,
निकली जिस घर से ले कलंक का टीका
उसमें अब फिर से कैसे प्रवेश करूँ,
कोई व्यंग्य–बाण फिर छोड़े
क्यों यह सहन करूँ,
देख दुःख मेरे
माँ की फटती छाती भी अब,
राम राम कहती तुम्हें अब
जाती हूँ मैं माँ गोद समाई,
हे राम क्यों तुम्हे दया ना आई?

संवाद

माँ ओ माँ,
मैं बोल रही हूँ
तेरे गर्भ में रोपित एक बीज,
जिसे उसका माली ही
मिटाना चाहता है,
क्या करुँगी पैदा हो माँ ?

मम आत्मजा,
तू बीज चाहे पिता का हो
पर तेरी धरा मैं हूँ,
अपने रक्त से सींचती
मैं करुँगी तेरी रक्षा,
मेरी माँ ने भी मुझे जन्म दिया
तुझे जन्म दे मैं उसका कर्ज चुकाउंगी,

हे जननी
सुना है धरती पर
लाक्षग्रह बहुत है,
और उसमे द्रौपदी
ही झुलसती है हर बार,
हर सीता धरती में
बोझ सी समा जाती है,
राम के लिए बार बार?

हे सुता,
तुम जन्मीं नहीं भूमि से

तुम्हें जन्म देने को
मैं मरूंगी कई बार,
शायद तुम्हारे आगमन पर
नहीं गूंजेगी थाली बजने की आवाज,
न सोहर होगा
तो क्या हुआ,
तेरी किलकारियाँ हैं
इन सबके ऊपर,
पर मैं तुझे द्रौपदी या सीता
नहीं बनाउंगी मेरी बच्ची,
किसी भी अहं के लाक्षागृह में
ना झुलसने दूंगी तुझको,
सीता की तरह किसी की मर्यादा
की भेंट न चढ़ने दूंगी तुझको,
दुनिया से लड़ना सिखाउंगी
हर अच्छा संस्कार तुझे दे,
अपनी माँ के संस्कारों का
कर्ज चुकाऊँगी,

हे जनयत्री,
क्या फायदा मेरे आने का
जो मैं ख़्वाब ना देख पाउंगी,
काँच के बुत की तरह
अंधेरों में घुट रह जाउंगी,
रात हो या दोपहर
शाम हो या सहर,
सहमी सी जिंदगी पाउंगी?

हे आत्मजा,
रख भरोसा अपनी माँ पर
तेरे ख्वाबों को इंद्रधनुषी रंगों से सजाऊँगी,
तेरे सब दुख सुख बाटूँगी
अपना बटाऊँगी,
चलूँगी तेरे साथ पर
तुझे तेरे पदचिन्हों से
नयी राह बनाना सिखाउंगी,
कल्पनाओं के क्षितिज पर
तेरे ख्वाबों को सजाऊँगी,
जरूर थामे रहूंगी वो हाथ
जो तुम्हारे सर पर
नंगी तलवार थामे खड़े हैं,
बस जरा सा सब्र तो कर
तुझे दुनिया से जीतता देख,
अपनी माँ के ख्वाबों को पंख लगाउंगी,

हे तनया,
तू मेरा अंश है
मैं तेरे लिए हर ताप—आताप सहूंगी,
बिना परवाह किये उस दशा की
जो तुझे दिशा देने में मिलने वाली है,
क्यूंकि मैंने भी अब
सीख लिया है
शिव के धनुष को
तोड़ना।

पिंडदान

पड़ोस की माता जी का
परसों देहावसान हो गया था,
बरसों से सिर्फ महीने की
पहली तारीख पर पैसे भेजने वाले,
बेटे बहू तुरंत विदेश से
पहली ही फ्लाइट पकड़
आ गए,

शमशान की सभी तैयारी
हो चुकी थी,
उनके आते ही
बाकी खाना पूर्ति भी हो गयी,

आज माता जी को कलश में डाल
उनकी अनंत यात्रा के लिए
विदा करने गंगा ले जा रहा है,
वो बेटा जिसके आने की राह
देखते–देखते माता जी पथरा गयीं,

सुना वहां पिंडदान भी करेगा सुपुत्र
पिंड के आटे में चुपचाप गूँथ देगा
अपना अफसोस,
अँजुरी भर उदासी जल में घोल
नहला देगा माँ को,
रोली–मोली से सज्जित घड़े में बंद
कुपित माँ नहीं कह पाएगी

अपनी शिकायतें,
जो वो हमेशा करना चाहती थी
पर बेटे के अलावा सबने समझीं,
बेटे के प्यार को भूखी माँ
यात्रा पर निकलने से पहले खा लेगी
जौ और काले तिल बेटे के हाथ से,
फिर उतर जाएगी माँ
घाट की सीढ़ियाँ से गंगा के
पवित्र जल में,
लिए बहुत कुछ
अनकहा सा,

गंगा अपने अंदर सब
समा लेती है,
जिन्दगी के किस्से,
अकेलेपन का दर्द,
बेटे का इंतजार,

और मिल जाएगी
माता जी के अकेलेपन में
उनके रोदन से मोहल्ले वालों को
अनंत शान्ति।

भ्रम

चाँद को देख
भोली सी शरारत
करता बच्चा
मचलता चाँद हाथ लेने को,

चाँद की चांदनी में
नहाये हरसिंगार का
अनुपम सौंदर्य,

भूलकर भी मत बतलाना
इन सबको,
चाँद की असलियत कि
चाँद पर हैं पत्थर, गड्ढे और चट्टानें,
संवेदनाओं के लिए
पलने दो चाँद पर
स्वर्ग होने का भ्रम।

दर्पण

दर्पण में
चलती रहती है
विकास की द्वन्द यात्रा,

यात्रा
बचपन के बिस्कुट पपोरते मुँह से
लेकर बुढ़ापे के पोपले मुँह तक की,
संतोष से असंतोष की
मन की आतुरता से
सुख की मृगतृष्णा तक की,

कोई तोड़े तो जी उठता है
इसके हर टुकड़े में जीवन,
बिम्ब–प्रतिबिम्ब में उकेरता कितने ही रिश्ते
जीवन के गोपनीय रहस्य सब,
दृष्टि का आँचल पकड़कर
मचलता है दर्पण,

मान लेते हैं हम वो जो दर्पण कहता है
वर्ना अपना चेहरा खुद किसने देखा है!

दरियां

यूँ तो अब दरियों पर बैठना कम हो गया है
बैठा नहीं जाता पैर मोड़कर
दरियों पर

नानी की रसोई में
मिटटी से पुते
धूं–धूं जलती लकड़ी वाले
चूल्हे के आगे दरी पर
बैठते थे खाना कितना स्वाद होता था

गर्मियों में छत की तराई कर
रात दरियों पर बैठ
अंताक्षरी खेलते
पार्क में दरी बिछा
सबके घर का बना खाना खा
पिकनिक मनाना
कितना मिस करते हो ना,

अब दरियां बिसूरती हैं
दरी बनाने वाले हाथ
नए रोजगार तलाश रहे हैं
जब भी बैठें दरियों पर
जान लें कि बुनने वालों के परिवार इससे पलते हैं
इनके चूल्हे की गर्मी इन दरियों से आती है

अपने चिकित्सक की सलाह मानिए कि
घुटना मोड़कर बैठना उतना ही जरूरी है
जितना खाना खाने के पहले
डायबिटिज की गोली खाना

जल्दी करिये
यह डायबिटीज की गोली भी कमबख़्त
असर छोड़ देती है कभी भी।

तरीके

तेरे तरीके भी लाजवाब हैं ऊपरवाले
जिंदगी की कीमत तूने उस दिन समझाई
जब मौत ने मेरी चौखट खटखटाई

आज पीछे मुड़ना चाहती हूँ
हर पल जीना चाहती हूँ
इस दुनिया से कहना चाहती हूँ,
हर सपना जो संवारा था पूरा कर लो
हर लम्हा जो तुमको प्यारा था फिर से जी लो

मत गँवाओ इस लम्हे को
मत रेत की तरह मुट्ठी से बहाओ इसे
मौत जब खटखटाएगी द्वार
बढ़ कर खोलेगा उस चौखट को

इस लम्हे के लिए तू तरसेगा
इस लम्हे के लिए तू तड़पेगा।

कशमकश

एक दूसरे को भूल जाने की कशमकश

जैसे
ताला लगी संदूकची में रखे
पुराने डाक टिकट, जीते हुए कंचे,
रंगीन फिरकियाँ, शरारती गुलेलें
पच्चीस पैसे के सिक्के,

जैसे
पढ़ने के बाद
टेबल पर पड़ी
व्यर्थ सी बासी चिठ्ठी,

जैसे
गैरजरूरी चीजें
जो गुम जाती हैं घर में
नजरों की मसरूफियत से परे

जैसे
पुरानी किताब मे
आज भी सहेजे रखे हों
कुछ सूखे गुलाब, एक मोरपंख,

जैसे
सोने के पिंजड़े में बन्द तोता
जिसमे थी उस भयानक राक्षस की जान
जिससे डरना हमें अच्छा लगता था।

हिंसा

मुर्दा शरीर
जैसे ऐंठता है
सख्त होता है
सड़ांध मारता है
हिंसा भी
वैसे ही ऐंठी हुई,
सड़ांध मारती है

हिंसा का प्रत्युत्तर है मौत
फिर भी शरीर को
दफनाने या जलाने के
बाद भी 'नाज'
क्यों नहीं खत्म होती
हिंसा?

अक्षर

पता है मुझे
मैंने तुमसे मांग लिया था
प्रेम का इक मुश्किल अक्षर
और तुम पलट गए थे चुपचाप
कितना कुछ लिख–लिखकर मिटाया तुमने
और ख़त्म कर दी,
मेरी इन खाली आँखों में
उम्मीद की रोशनाई
अब हिचकियाँ लेते
सुबकते हैं वो अक्षर।

सिग्नल

चौराहे पर खड़े सिग्नल की
लाल हरी बत्ती के हिसाब से
चलते रुकते फटे कपड़ों में लिपटे
रोबोट से इंसान

हर लाल बत्ती पर होता है
उसकी मुस्कुराहट का सिग्नल हरा
दौड़ते है वो
मुट्ठी में दबाए गुलदस्ते
रंग–बिरंगे गुब्बारे और खिलौने
जिनसे वो नहीं खेलते

बेचते हैं किताबें
महान लोगों की जीवनी की
जिनकी अपनी जिन्दगी है बेनाम
किताबें परियों के किस्से कहानियों की
जिन्हें किसी ने नहीं सुनाई बचपन में परीकथा

लाल बत्ती पर इन्हें भी
बनावटी मुस्कान या सभ्यता के मुखौटों की
जरूरत पेश आती हैं
जहां इनको देखते ही लोग
गलती से भी नहीं आने देते
अपने चेहरे पर मुस्कराहट

इनकी दुनिया चलती है वहां
शहर की रफ्तार का होता है
सिलसिला थमा जहां।

फरमान

शरीर की कलम में
प्राणों की स्याही
कभी छितर जाती है
पूरे पन्ने पर
और बनती हैं
टूटे फूटे अर्थहीन शब्दों के साथ
जीवन की कहानियां
जिनमे कुछ लघु कथाएं
कुछ उपन्यास
कभी–कभी बनती हैं
बेसबब सी लम्बी कहानियां
घिसटती जाती है दूर तक
खत्म होने के इंतजार में

और जब सूख जाती है
प्राणों की स्याही
बंद हो जाता है शब्दों का प्रवाह
जिंदगी की अधूरी कहानी पर
लग जाता है पूर्ण विराम
कलम टूट जाती है
जैसे लिखा हो किसी जज ने
सजा के तौर पर
मौत का फरमान।

चेहरे

चेहरे चेहरे चेहरे
नया साल मनाते
भीड़ में भीड़ का हिस्सा बने
धड़ों पर रखे
एक दूसरे से नजरें चुराते
एहसासों की परिधि को लांघते
चेहरे चेहरे चेहरे

कुछ घायल चेहरे
अधूरे सपनो की किरचों से
रूखेपन का भाव लिए
खुद से ही अपरिचित लुटे पिटे से चेहरे
कुछ टूट चुके मुसाफिर से
वापसी का रास्ता ढूंढते चेहरे

किसी सजे हुए होटल के बाहर
कूड़े के डिब्बे पर घात लगाये भूखे चेहरे
हाथ में गुब्बारे लिए
कड़कड़ाती ठण्ड में कांपते भीख मांगते चेहरे
कारों के लाल बत्ती पर रुकते ही
रंगबिरंगी लाइट वाले मुखौटे बेचते बेरंग चेहरे

वहीं कुछ चेहरे मेकअप की परतों में लिपे पुते
मौके के अनुसार रंग बदलते
महंगी गाडी से उतरते
इठला के चलते
खोखले ठहाके लगाते चेहरे

सब चेहरे मना रहे हैं नया साल
जो है महज एक मायाजाल
सम्मोहन में फंसे हैं चेहरे
मिटाना चाहते हैं अपने चेहरों पर टिके
अनगिनत प्रश्न
मनाना चाहते हैं नया साल
भीड़ में भीड़ का हिस्सा बने
धड़ों पर रखे
चेहरे चहरे चेहरे।

बीते पल

चलो बीते हुए कुछ पलों की
रसीदें रखें
किस्मत
पक्की पर्ची तो
रख लेगी जिंदगी की
कुछ कच्ची पर्चियां
हमारे पास भी तो होनी चाहिए

किसी दिन हिसाब करेंगे
कितने लम्हों में जिए हम
कितने लम्हों में मरे
इन स्मृतियाँ ने यात्रा की है
नंगे पांव
मौसम दर मौसम
सूखे से सावन तक
बचपन से यौवन तक

सुख की दुःख की
कुछ रसीदें
लिखाइयां कुछ
मुट्ठियों में हो
तो तसल्ली रहेगी।

कालू

बड़ा स्कूल और भारी शोर
रंग–बिरंगी पोशाकों में सजे–धजे
कन्धों पर बैग और
हाथों में 'वाटर बॉटल' लटकाए
अमीर लोगों के बच्चे

वहां कालू का कोई परिचित नहीं
परिचित सिर्फ आसमान
जिसमें तारे नहीं तपता रवि
परिचित सिर्फ हवा
टूटी हुई दीवारों के बीच उदासीन
कोई दोपहर उड़ा लाती हवा के साथ
अंदर की कुछ अँग्रेजी में
गिटर–पिटर करती बातें

मायूसी और दीनता से
कुछ आवाजें उसके अंदर भी
कुलबुलाती है
कल पूछा था उसने अपने बाप से
'पिताजी! क्यों नहीं बनाते तुम भी
मेरे लिए इनके जैसे कपड़े
क्यों नहीं भेजते मुझे भी
इन्हीं जैसे स्कूल?'

हरिजन

हरि ऊँ हरि ऊँ
घड़ी–घड़ी जपते हो
कहते हो हरि परमपिता का नाम है
और हम सब उसकी औलाद हैं
तो क्यों नहीं कहलाते खुद को
'हरिजन?'
क्यों बदबू आती है तुम्हें इस नाम से

तुमने बाँट दिया मुझे जाति में
मेरे बनाये जूतों से
अपनी औकात बताते हो
सफाई जो ना करूँ मैं
तो कैसे बीमारी से बिलबिलाते हो
तुम्हारे हर वो छोटे बड़े काम
जिन्हें करने से तुम घबराते हो
कितनी आसानी से मुझ पर डाल
निशचिंत हो जाते हो
कितने स्वार्थी हो तुम
कहते हो
'ढोर गंवार शूद्र पशु नारी
सब हैं ताड़न के अधिकारी'

अपना पुरुषार्थ साबित करने के लिए
मुझे हरिजन कह छीना
अधिकार सुख सपने देखने का
पर बस अब और नहीं

मैं तिरस्कार करता हूँ
तुम्हारे पैदा किये
ब्राह्मणवाद, सामन्तवाद और
पूँजीवाद का
इससे जन्मे जातिवाद और
फासीवाद का

मैं प्रेरित करता रहूँगा
नयी पीढ़ी को सपने देखने
और उन्हें साकार करने के लिए
जिन सपनों में
आशाओं की आहट हो
जिंदगी की गुनगुनाहट हो
नहीं चाहता मैं अमानवीयता के
कांटों से लहुलुहान हों या
अन्याय की शिलाओं से टकराकर
वो सपने बिखरें

समता, सम्मान और स्वाधीनता के लिए
मेरा मुक्ति–संग्राम जारी रहेगा
जब तक कि
प्रतिरोधों से अविचलित,
कोई व्यक्ति–चेतना
जन्म ना ले तुम्हारे भीतर।

बंधुआ

रोज सुबह ऑफिस जाने के लिए
गाड़ी निकालते वक्त,
एक मासूम से अक्सर मुलाकात हो जाती
उसकी बड़ी–बड़ी आँखों में उनीदें से सपने तैरते थे,
जिन्हें रोज घर की किसी खूँटी पर टांग
सुबह वो दूध अंडा ब्रैड लाने निकल पड़ती थी,
वह सीधी–सादी सहमी–सी
आदिवासी बच्ची सुबह से रात तक
जो मालिक कहते चुपचाप करती,

आप यह जान कर
क्या कीजिएगा कि वह,
झारखंड की है
बंगाल की,
आसाम की
या छत्तीसगढ़ की,

बस वो है बंधुआ
एक दिन पूछने पर
डरते–डरते बताया कि,
दूर कहीं
उसके गाँव में
उसके पिता
हैजे से मर गए थे,
भूख से कुड़कुड़ाते चार पेट भरने को
किसी ने शहर में नौकरी का दिलासा दिया,

और यहाँ उसे काम पर लगाया
अब आधी पगार वो ले जाता है
आधी माँ को भेज देती है,

फिर वो रोने लगी
उसकी मौन सिसकियों में,
जो अंतर्नाद था वो
आकाश में सुराख कर सकता था,
कहने लगी
मेरी भाषा तुम नहीं समझते
तुम्हारी भाषा मैं,
पर सब समझती हूँ उन झिड़कियों की भाषा को
बात–बात पर पागल और बेवकूफ जैसे शब्दों को,
बचा खुचा खाना देने पर भी उस एहसान की भाषा को
रात को अँधेरे में अकेले सोने पर डर लगने की भाषा को,
इतना कह उसने आँखें पोंछी
और निकल गयी काम के लिए,

क्यूंकि वो एक बंधुआ है,
जरा सी पगार और चार रोटी की
बंधुआ

कीर्तन

मंच पर आसीन बड़े तिलकधारी गुरूजी
के मंदिर में चल रहा था कीर्तन
माइक पर पंडित जी गा रहे थे
ये कहिये कि बस चिल्ला रहे थे
'राधे–राधे बोलो
जय राधे–राधे बोलो'

गुरूजी ने किया पंडाल का अवलोकन
आँखें थी चंचल
विकल चितवन
मन ही मन गुनगुना रहे थे
सारी कुड़ियां आइयाँ
हरबंस कौर नहीं आई
सामने वाली भक्तन ने
लाल लिपस्टिक क्यों लगाई?
राधे–राधे बोलो
जय राधे–राधे बोलो

सब भजन में थे लीन
दो औरतें आपस में कर रही थीं
बातें नमकीन
'गुप्ता जी की बेटी
वर्मा जी के बेटे का
चल रहा है नैन मटक्का,
शर्मा जी की बहू ने
सास को हरिद्वार में दे दिया धक्का,

पड़ोसियों के घर हुई लाखों की चोरी
मजा आया, अकड़ तो कम हुई थोड़ी
चलो जी सानु की ते त्वानु की
राधे–राधे बोलो
जय राधे–राधे बोलो

कोने में बैठे कुछ बुढ्ढ़ों की
प्रसाद पे लगी थी आँखें
सोच रहे थे घर जाएंगे
लड्डू फल खाके
घर वाले तो मिठाई पर बैन हैं लगाये
पर ये दिल है चंचल इसे कौन समझाए
पर टाइम तो काटना ही पड़ेगा
घर की दाल रोटी से बचने को
राधे–राधे उचारना ही पड़ेगा
राधे–राधे बोलो
जय राधे–राधे बोलो

ये सब देख
राधा जी मुस्कायी
इंसान को समझना है नाकाम
दो पल भी चैन नहीं
बीहड़ हो गई है
आपस की राम–राम
ईर्ष्या की भट्टी में भुनती है
नमस्ते–दुआ–सलाम
राधे–राधे बोल रहे हैं
पर मन दुखों से तोल रहे हैं

पर चलो कुछ तो कर रहे हैं
इतनी उलझनों में भी
राधे–राधे तो बोल रहे है
कान्हा जी करना सबका कल्याण
सोच के ये सब राधा जी भी हो गयीं मौन

राधे–राधे बोलो
जय राधे–राधे बोलो
का जम के हुआ शोर।

मिठाई

आटे–बाटे दही पटाके
रबड़ी के कुल्लड़ सबने चाटे

अकड़म–बकड़म ठंडम ठा
गरमागरम जलेबी खा

अगड़ू–झगड़ू ओढ़ रजाई
नानी माँ की बर्फी खाई

अट्टू–बट्टू बड़े निखट्टू
चुरा–चुरा के खाते लड्डू

अक्कड़–बक्कड़, लाल बुझक्कड़
खाना चाहे मालपुए पर जेब से फक्कड़

ताक धिना–धिन ताल मिलाओ
रस में डूबी बालूशाही खाओ

पंडित तोंदूराम ने शादी करवाई
झूम–झूम कर हलुआ पूरी खाई।

गर्मी की छुट्टी

आ गए दिन धूप वाले
आलस की ठंडी लस्सी वाले,
मीठा आमरस भाये
छाँव अमराई की ठंडक लाये,

सन्नाटे की भाँग चढ़ा कर
पड़ी रही दोपहर नशे में,
सुबह सलोनी, दिन चढ़ते ही
बन चंडी आंखें दिखलाये,

गर्मी के हैं मजे निराले
लगे स्कूलों में भी ताले,
नहीं टीचर का अब डर है
बस्ता कोने में मुंह बनाये,

शाम को खेलें चिड़िया–बल्ला
कभी–कभी तो कैरम होती,
लूडो, सांप–सीढ़ी भी होती
दोस्तों से जी भर गप–शप लड़ायें,

घंटो रोज नहाते हैं अब
छाया में सुख पाते हैं अब,
खाते खुश हो बरफ मलाई
शरबत और ठंडाई मन को भाये,

बच्चे कहते हमे घुमाओ
शिमला–नैनीताल दिखाओ,
बच्चों की छुट्टी है नानी घर तंग
ऊधम दिन भर चलती छुट्टी खत्म ना हो जाए।।

अनपढ़ बन्दर

अनपढ़ बन्दर बोला–
मम्मी, मैं भी ब्याह कराऊँगा
सुन्दर–सी इक प्यारी बंदरिया
मैं इस घर में लाऊँगा

उसकी मम्मी बोली–
बेटा, सुन लो मेरी बात
पढ़े नहीं गर दो अक्षर तो
जाएगी नहीं बरात

बंदरिया भी छोड़
तुझे भाग जाएगी
किसी पढ़े लिखे बन्दर से
ब्याह रचाएगी

इसलिए ब्याह से
पहले बेटा
पढ़ लिख कर कुछ
काम करो

सुनकर बन्दर
ऊँची डाल पर जा बैठा
बोला मम्मी से–
मैं नहीं ब्याह रचाउंगा
मास्टर की छड़ी खाने से अच्छा
कुंवारा ही रह जाऊँगा।

एग्जाम

उफ्फ्फ!
क्यों आते हैं ये एग्जाम?
इसी दुविधा में घिरे हैं बच्चे
बॉर्नविटा पी के रट्टा लगा रहे हैं
खेलने के मैदान मुँह चिढ़ा रहे हैं
उन्हें मैडम चंडिका, मां भूतनी
पिता अलादीन का चिराग लगते हैं
कब कौन कहां से प्रकट हो जाये
और फिर उनका लेक्चर शुरू हो जाए
कितना काम किया है–
नालायक
कभी पढ़–लिख लिया करो
क्यों नाक कटाने पर
तुले हो?
क्या नाक भी
कहीं कटती है?
ये पापा लोग हम मासूमों को
एग्जाम टाइम में हर वक्त क्यों डांटते हैं?
ये माएं भी चौकीदार सी हर
वक्त क्यों आगे पीछे चकरघिन्नी बन जाती हैं?
स्कूल में टीचर हम छोटे–छोटे बच्चे को
एग्जाम शीट दे के क्यों डराती हैं?
क्यों नहीं समझते ये बड़े लोग
बच्चे हैं विकिपीडिआ नहीं
कर तो रहे हैं पढाई अब क्या
अभी से डॉक्टर इंजीनियर बन जाएं!

शरारत

बड़ा मजा आता है हमको
हम तो शोर मचाएँगे
हमको पता है टीचर जी
आकर डाँट लगाएँगे

करें न गर शरारत कोई
जरा नहीं शोर मचाएँ
तो बोलो कैसे बच्चे कहलायें
चुप रहना है खेल बड़ों का
हम कैसे समय बिताएँ?

पलभर में लड़तें हैं हम सब
पलभर में मिलतें हैं हम सब
अपनी दुनिया सबसे न्यारी
लगती हमको सबसे प्यारी

माँ पापा की लोरी जिसमें
नानी दादी की कहानियाँ
बहन भाई के संग चले हम
इसी दुनिया से हमारी यारी।

बचपन

एक लम्हा दिल फिर से
उन गलियों में चाहता है घूमना
जहाँ धूल से अटे
बिन बात के खिलखिलाते हुए
कई बरस बिताये थे हमने
बहुत दिन हुए
फिर से हंसी की बरसात का
बेमौसम वो सावन नहीं देखा

बनानी है एक कश्ती
कॉपी के पिछले पन्ने से
और पुराने अखबार के टुकडों से
जिन्हें बरसात के पानी में
किसी का नाम लिख कर
बहा दिया करते थे
बहुत दिन हुए
गलियों में छपाक करते हुए
दिल ने वो भीगना नहीं देखा

एक बार फिर से बनानी है
टूटी हुई चूड़ियों की वो लड़ियाँ
धूमती हुई वह गोल फिरकियाँ
और रंगने हैं होंठ फिर
रंगीन बर्फ के गोलों
और गाल अपने
गुलाबी बुढ़िया के बालों से

जिनको देखते ही
मन मचल मचल जाता था
बहुत दिन हुए
यूँ बचपने को
फिर से जी के नहीं देखा

और एक बार मिलना है
उन कपड़ों की गुड़िया से
जिनको ब्याह दिया था
सामने वाली खिड़की के गुड्डे से
बहुत दिन हुए
किसी से यूँ मिल कर
दिल ने बतियाना नहीं देखा

बस, एक ख़त लिखना है मुझे
उन बीते हुए लम्हों के नाम
उन्हें वापस लाने के लिए
बहुत दिन हुए
यूँ दिल ने
पुराने लम्हों को जी के नहीं देखा।

सर्दी के दिन

रेवड़ी, गजक, मूंगफली के दिन
कंबल के दिन, रजाई के दिन,
फिर आए धूप की
मिठाई के दिन

मफलर की धाक जमी
टोपी ऊनी सर पर तनी
अब स्वेटर–कोट यहाँ वहां
फिरते इतराते।

गाजर का हलवा
माँ की कढ़ाई
गोंद के लड्डू
खूब खाओ भाई

चुभती है तीरों जैसी,
ठंडी ठंडी मुँहजली हवा
दिन का काम जल्द तमाम
आई कुहरे की बारी,
थर–थर काँपने की
सबको लगी बीमारी

सिगड़ी के दिन,
सिकाई के दिन,
सर्दी में आग की
बड़ाई के दिन
फिर आए धूप की
मिठाई के दिन।।

रेल यात्रा

कवि सम्मेलन में
भाग लेने का न्यौता पाकर,
सोचा भारतीय रेल को
आजमाया जाए मन की मान कर,
टिकट मिली पर रिजर्व ना थी
बिना रिजर्वेशन
सफर कैसे हो चिंता यही थी,
एक मित्र ने दिया सुझाव
क्यों होती हो परेशान?,
रेल में जिसका कोई नहीं
उसका कुली और टी0 सी0 है भगवान

खैर मैंने भी सोचा
ओखल में सिर दे कर मूसल से क्या डरना
चढ़ जा 'प्रीति' सूली पर भली करेंगे कृष्णा,

नियत दिन और समय आया
हमने अपने को स्टेशन पर पाया,
कुली को बोला 'भाई एक सीट का सवाल है'
कुली ने कहा 'इसका जवाब सिर्फ मेरे पास है',
सीट तो हम दिलवा देंगे
परन्तु यदि ट्रेन लेट हुई तो
waiting के extra पैसे लेंगे,

ट्रेन भारतीय समयानुसार
दो घंटे लेट ठीक टाइम पर आई,

हमारे कुली ने ठीक
पृथ्वीराज चौहान की style अपनाई,
उसने डब्बे में धावा बोला
और बिलकुल खाली डब्बे की,
सबसे अच्छी सीट पर
अपने अंगोछे को टटोला,
हमने अपना माथा लिया पीट
पर पकड़ ली वही सीट बन कर ढीठ,
क्यूंकि सीट को पाने के
extra रुपये लगे थे चालीस,

गाडी ने ली रफ्तार पकड़
हमने ली सीट जकड,
धीरे–धीरे भीड़ बढ़ने लगी अब तो
पर कुली की मेहरबानी से राजा थे हम तो,
हमारी सामने की सीट पर एक सज्जन थे बैठे
और देर से हमे घूर रहे थे ऐंठे,

हमने कहा
'सब ठीक तो है श्रीमान
हमने तो कभी आपकी भैंस नहीं खोली।'
वह बोले
'आप हमे कवि लगती हैं',
हमने कहा
'हे महानुभाव! कैसे पहचान पड़ी
ना तो हमारे कपड़े फटे हैं
ना ही बाल खिचड़ी',
वह बोले

'यह सब छोड़िये
पहले हमारी शायरी टटोलिये',
हम भी शेर लपकने को थे तैयार
परन्तु पता ना था पहली ही गुगली
कर जाएगी कवि के दिल को तार–तार,
उन्होंने मारा शेर
'आशिकों को पागल कर देता है प्यार
बाकी कसर पूरी कर देता है इंतजार,
मगर ये दिलरुबा नहीं समझती
गोलगप्पे खाती फिरती है भरे बाजार'

अपनी किस्मत पर रोये दिल ने खून के आंसू
हो कर रूआँसु कहा 'शायरी आपकी बड़ी है धांसू',
बड़ी मुश्किल से साहब से पीछा छुड़ाया
तो सैर करने का मूड आया,
दरवाजे के पास एक सज्जन
अपना गला खरखरा रहे थे
गाडी के सुर से अपना सुर मिला रहे थे,
इस जुगलबंदी को देख ख्याल आया मन में
मियाँ तानसेन इस राग को सुन खुदकुशी करलें पल में,

वापसी में देखा
एक सज्जन रास्ते में बीचों बीच लेटे हैं,
हमने कहा
'भाईसाहब आप क्या रेलवे के बेटे हैं',
वह बोले
'आपको कोई ऐतराज गाडी क्या आपके बाप की है',

हमने मन में सोचा क्यों बहस शुरू हो
गाडी हमारे पिताजी की तो नहीं
इनके पिताजी की निकल आई तो,

डिब्बे की हालत देख कर
मुझे मीरा का भजन याद आ रहा था
'दर्शन दो टी0 सी0 साहब मोरी अँखियाँ प्यासी रे',
हमारी प्रार्थना नहीं हुई बेअसर
टी0 सी0 के दर्शन का मिला सुअवसर,
हमको देख कर वह बोले
और madam कहाँ जाएंगी?,
हमने कहा
'आपकी ये ट्रैन हमे बैंकॉक तो ले नहीं जाएगी
बॉम्बे जा रही है वही ले जाएगी',
हमने उन्हें अपने अकेले सफर करने की दी दुहाई
उन्होंने हमारी सेहत को नजर लगाई
आपको कोई परेशान करे किसकी शामत है आई,

टी0 सी0 साहब शायद
श्रीमती जी से लड़ाई में हार कर आये थे,
इसलिये भोले भाले
यात्रियों पर गुस्साए थे,
उन्होंने नहीं दी हमें सीट
मन में तो आया टी0 सी0 को दूँ पीट,
पूरा सफर सोते जागते बिताया
अपना परांठा साथ वाले के
आचार के साथ खाया,

स्टेशन पहुँचने पर भारतीय रेल
और अपने सहयात्रियों को किया नमन,
कुली की खोज में अधीर थे नयन,
जैसे एक ने अंदर था पहुँचाया
वैसे ही दूसरे ने बाहर पहुँचाया,

अपनी safe लैंडिंग पर हमने
स्टेशन की धरती ली चूम,
और पहुंच ही गए बॉम्बे
जला कर अपना कीमती खून।

श्रृंगार रस

एक बार म्हारी लुगाई
म्हारे धौरे आई, फेर मुस्काई,
मैं मण ही मण देवी देवता ने ढोक लगाई
इब न्यू कै नयी मुसीबत आई,

वो बोली सुनो
थम श्रृंगार रस के कवि हो,
बड़ी वाह–वाही करें हैं थारी सब लुगाई
म्हारे पे भी थे एक कविता कहो,
मैं बोल्या सुन भागवान
श्रृंगार रस की कविता थारे पे,
यो पाप होगा कोन्या म्हारे से,
जब तू म्हारे पास आवे है
हींग, मिर्ची, हल्दी सी दिल पर लग जावे है,
ना कदे आंख्यां में काजल लगायो
ना कदै लाली पावडर,
शादी वाला दिन भी
तू पारलर को न जायो,
इब बता मैं थारे पे
कैसे कविता लिख्यू,

वो बोली
म्हारे बच्चों के बापू
जीजू सा नै तो मैं घणी सुथरी लागूं,
वे तो बोले हैं
थारे से सुथरी नार कोन्या,

म्हारा माथा ठनक्या
अच्छा तभी आते ही मन्हे
बाजार भगा दै हैं,
और उस हलवाई के समोसों की
फरमाइश लगावे हैं
जहाँ जाण मा घंटा लग जाए है,

इत्ते में वो लाल पीली होली
चंडी सी बण के बोली,
जो थम म्हारे पे कविता
को ना लिख सके हो,
तो बताओ कौण सै
वो लुगाई जिसे देख,
यो सब कविता की प्रेरणा
थम में आई,
उस लुगाई के श्रृंगार
और थारे श्रृंगार रस ने,
गन्ने का रस बना के
ना पी जाऊ तो समझना,
म्हारे बापू ने थम से
अपनी छोरी ना ब्याही,

भाई लोगों
उस दिन बड़ी मुश्किल से
काली माई शांत हुई,
शिवजी की तरयां
मैंने अपणी कविताओं की बलि चढ़ाई,

तब से आज तक
रोज रौद्र रस की कविता सुनाये है,
म्हारी सपमि करुण रस की कविता सी
रोज बिलबिलाये है,
अब म्हारी करुण कविताओं पर
सब हास्य रस का आनन्द लै करे हैं,
टाबर वीर रस के कवि से
म्हारी सब खबर अपणी माँ को दे करे हैं,

म्हारी एक सलाह थम लोग मानो
जो तो लुगाई सुथरी हो,
तभी श्रृंगार रस की कविता बोल्यो,
वरना म्हारी तरयां थम लोग भी
कविता में करुण रस घोल्यो।

वसंत आयो री

मदमाती बयार गाये राग मधुवंती
खेतों में फूली सरसों वासंती,
आमों में पड़ गए बौर रसीले
कली–कली खिल गई
बिखरा रही पराग,
जैसे बच्चे की किलकारी में
माँ के सपने खेलें फाग,
सखी री मन हुलास से भर आयो री
वसंत आयो री बसंत आयो री

कोकिला के गान से
व्याकुल हुए प्राण,
दिशाएँ बहकीं करें मधुर संगीत का पान,
प्रकृति सुंदरी कर सोलह सिंगार
इठलाये करे छवि पर अभिमान,
जैसे धरा माँ बन गुनगुना रही
नव बीजों का सृजन गान,
सखी री मन वासंती वैभव से भर आयो री
वसंत आयो री वसंत आयो री

रसवंती कामिनी सकुचाई शरमाई
पीले परिधान में पुलकित तरुणाई,
चंचल चपला–सी रेशमी चूनर हठीली हो गयी
पिया की आहट पर भागी तो
रुनझुन पायल पीहू सी खनक गयी,
मन बाँधे पिया से सेतु बंध
संयम के टूटेंगे फिर से अनुबंध,
सखी री मन उन्माद से भर आयो री
वसंत आयो री वसंत आयो री

अफसर

सड़क पे सौ ग्राम मूँगफली
और गजक खरीद के खाए
वो भी क्या अफसर
पार्टियों के लाये काजू चबाते
अच्छे लगते हैं अफसर

जो दिन को दिन कहे
वो भी क्या अफसर
अधीनस्थ कर्मचारियों से
रात को दिन कहलवाते
अच्छे लगते हैं अफसर

बार–बार बाहर आ
काम के लिए डराए धमकाए
वो भी क्या अफसर
केबिन में चुपचाप बैठे
अच्छे लगते हैं अफसर

एकदम फाईल निपटा दे
वो भी क्या अफसर
देख लेंगे! देख लेंगे!
कहते अच्छे लगते हैं अफसर

जो समय पर आये
समय पर जाए
समय पर काम करे

वो भी क्या अफसर
कुर्सी पर अलसाते अच्छे लगते अफसर

हर समय हर एक से मिले
वो भी क्या अफसर
दरवाजे पर लगाये लाल बत्ती
भीतर मसखरी करते अच्छे लगते है अफसर

खुद फोन उठायें
खुद दरवाजा खोलें
खुद प्रॉब्लम हल करें
खुद चिंता करे और सोचे
वो भी क्या अफसर
बस सिर हिलाते
और मेज पर पड़ी घंटी बजाते
अच्छे लगते है अफसर

जरा सी देर होने पर
रजिस्टर में क्रॉस लगाये
वो भी क्या अफसर
प्यार से जाओ–जाओ
कहते अच्छे लगते हैं अफसर

दफ्तर में मीटिंग
घर पर बाथरूम में बिजी
मजाक को हंसी में उड़ाते
और मेरी बात को दिल पर ना लगाते
अच्छे लगते हैं अफसर।

श्याम रंग

सखी श्याम कहे वो कारो है
मोहे भाये रंग कारो श्याम सों

फागुन लाग्यौ सखि जब तें
मोहे खेलनी है होरी श्याम सों

खेलत फाग गुलाल भरि–भरि
काउ ना हते रंग मोरे श्याम सों

मोरी चुनरिया ऐसो रंग दीनी
धोवत–धोवत यमुना रंग भयो श्याम सों

सखी री डार रंग ऐसो मोह पे
ब्रज कहे राधा रंगी रंग श्याम सों।

आ न सखी

आ न सखी कुछ नया लिखें
बहुत हुए ये दिल के फसाने
सब तो लिखते हैं झूठे किस्से
आओ हम लिखे कुछ किस्से पुराने

चल सखी एक लम्हा फिर से
उन गलियों में घूम आएं
जहाँ धूल से अटे
बिन बात के खिलखिलाते हुए
कई बरस हमने बिताये

आ री सखी एक बार फिर से बनायें
टूटी हुई चूड़ियों की वो लड़ियाँ
धूमती हुई वह गोल फिरकियाँ
और रंगे होंठ रंगीन बर्फ के गोलों से
रंग बिरंगी फ्रॉकों में मचलते
रंगीन रिबन से बंधी वो लम्बी चोटियां

सखी फिर से बनूं मैं गुड़ियाँ की माँ
और तुम बनो गुड्डे की माँ
ब्याह की सब रस्में निभाएं
बाद की जिम्मेदारियां भूल कर
बस लड्डू खाने को

आ सखी एक पन्ना कॉपी से तू फाड़
एक मैं लाती हूँ फिर बहाते हैं
एक कश्ती कागज की
गलियों में छपाक–छपाक करते हुए
फिर भिगोते हैं दिल को हंसी की बरसात में

आ सखी लिखें एक खत
उन बीते हुए लम्हों के नाम
उन्हें वापस लाने के लिए
बहुत दिन हुए
यूँ बचपने को
फिर से जी के नहीं देखा
चल फिर से जी लें कुछ देर।

वक्त ठहरा सा है

तन्हाई और जश्न–ए–गम में ढलती सी शाम है
आ जाओ की साँसों का कारवां गुमनाम सा है।

एक वीरानी सी मेरी आँखों में है
कहीं इंतजार का चाँद बुझा सा है।

ज़िस्म इस तरह से ख़ामोश और तन्हा है
सैलाब गुजर जाने के बाद वक्त ठहरा सा है।

तेरे घर की दरो–दीवार से भी मुझसे मरासिम है
एक तू ही मेरे सायबान से क्यूँ डरा सा है।

(मरासिम– जुड़ाव, सायबान– छाया)

जीवन संध्या

चलते चलते शाम हो गयी, सारी उम्र तमाम हो गयी,
बेगानो से नहीं जिन्दगी, अपनों से बदनाम हो गयी।

किसको दिल दिखाएँ अपना, शिकवा गिला करें तो किससे,
जिन्हें बिठाया सर आँखों पर, उनसे नींद हराम हो गयी।

सुख के साथी तो बहुतेरे, दुःख में साथ निभाना है कुछ,
जिनका साथ निभाया, उनकी गली डगर गुमनाम हो गयी।

पाने का सुख कभी ना जाना, खोकर भी सीखा मुस्काना,
सहते सहते अब तो मेरी, पीड़ा खुद आराम हो गयी।

मेरी किस्मत ही कुछ ऐसी, जिसको चाहा वही कट गया,
कुछ की नजरों में तो मेरी, 'प्रीति' खुद इलजाम हो गयी।

शाम

शाम को बालकनी में बरसती
बारिश की बूँदें याद लाने लगी उनकी

वो होते तो शाम रंगीन होती
कुछ मीठी कुछ नमकीन होती

पकोड़ों की चुहलबाजियाँ होती
इलाइची वाली चाय महकती

कुछ तुम कहते कुछ मैं सुनती
कुछ तकरार व मनुहार होती

काश तुम होते
तो ये शाम कितनी सुहानी होती।

गजल

यूँ तो कहने को शहरों में मकाँ बहुत हैं,
फासले पड़ोसियों के दरमियाँ पर बहुत हैं।

दिलों के गीत परिंदे गाते तो बहुत हैं,
कान सबके बहरे हुए शोर मशीनों का बहुत है।

शहरे–दिल में हर तरफ रौशनी और रौनक तो बहुत है,
महफिलों में होती दुआ–सलाम में दिलों की तन्हाई बहुत है।

अना की खातिर हर रंग के किरदार बहुत हैं
मदारात की आड़ में, 'नाज' सीने पे वार बहुत हैं।

(1) अना– स्वाभिमान
(2) मदारात– हमदर्दी

क्यों है

दिल में खामोशियों का अँधेरा इतना घना क्यों है,
दिल का सुकून मुसलसल इस तरह छिना क्यों है?

हाल–ए–दिल बयां ना करने के लाख बहाने क्यों है,
शब्द और होंठों के फासले शिद्दत से निभाने क्यों है?

मुख़्तसर सी शाम की निगाहों में तेरे एहसास के जलवे क्यों हैं?
ख़्वाब गिरते ही टूट जाते हैं, तेरी राहों में इतनी फिसलन क्यों है?

मुझे तू मुस्तकिल ऐ जिन्दगी इस कदर आजमाती क्यों है
हवा जख़्मों को देकर फिर नमक उन पर लगाती क्यों है?

अगर दिल में नफरत भरी है तो दिखावा–ए–दोस्ती क्यों है
बेसबब सी मेरी जिन्दगी लम्हों की तलाश में हाशिये पर क्यों है?

हाइकु

1.
चिट्ठियाँ बांचें
समय के हाशिए
बासी यादों के।

2.
शूल से चुभें
दोपहर नश्तर
सूनी गालियां।

3.
पापों का घड़ा
क्षण–क्षण उफनता
कर्मों का फल।

4.
योग निष्काम
सुन्दर सुखधाम
इन्द्रियाँ साधे।

5.
शान्ति को प्राप्त
ईश्वर का चिन्तन
मोह समाप्त।

6.
पीले चावल
वसंत महोत्सव
मन को भायें।

7.
बर्फ के लड्डू
शरबतों में डूबे
मुंह रंगीन।

8.
नज्मों को ओढ़
यादों की चारपाई
चरमराई।

9.
ठिठुरती सी
अलसाई सुबह
सिकुड़ गयी।

10.
चाय की चुस्की
कोहरे के चादर
शीत सरके।

11.
दिखता रहा
पहियेदार रिश्ता
दूर जाता सा।

12.
उम्र–ए–रवाँ
हुस्न–ए–नजर से
निगहबान।

13.
सावन भेजे
बादलों की चिट्ठियाँ
मोर बांचते।

14.
बूढ़ा फकीर
मौजू–ए–गुफ्तुगू
दुनिया–दारी।

15.
इश्क के हिज्जे
बाजारों में आवारा
फटे से उड़ें।

16-
क़तर–ए–ख़ूँ
आँख की दहलीज
जलजला सा।

17.
कृष्ण के हाथ
कनक पिचकारी
राधा भिगोई।

18.
कृष्ण बजाये
बाँस की बाँसुरिया
राधा बेसुध।

19.
अरुणोदय
सुस्मित सुरभित
पंछी चहके।

20.
सिंदूरी संध्या
उन्मादी मधु ऋतु
पुष्पित हास।

21.
फागुन रंगे
रोम रोम केसर
महके अंग।

22.
हेमन्ती भोर
बहक उठता सा
अल्हड़ हिया।

23.
तट के वृक्ष
बाँह फैलाए खड़े
निरुपाय से।

24.
निर्जन वन
भटकते जुगनु
शापित यक्ष।

25.
सखा कन्हैया
सिंगार सँवारत
लेत बलैया।

26.
जै श्रीराधिके
नवतन किसोरी
कृष्ण में लीन।

27.
आनँदमय
करि लीलामृत पान
श्रीब्रजराज।

28.
कान्त कामना
नील तिमिरमय
तुम आ जाओ।

29.
सूखा तालाब
कृषक संग धरा
प्यासे तरसें।

30.
कातर रात
निशब्द कुतरती
स्वप्न चौखट।

31.
विरक्त आत्मा
विकल अँधेरे में
बंजर नींद।

32.
सूर्य जाग्रत
किरणों की पाजेब
शंख के स्वर।

33.
आँखों के मध्य
अविचल पलकें
दुआ में झुकी।

34.
खाली आँखों में
तैरती शताब्दियाँ
पीछा ना छोड़ें।

35.
फट गए हैं
सारे गुलाबी चित्र
शेष हैं कुछ।

वर्ण पिरामिड

1.
हो
प्राणों
में स्मृति
मधुमय
मुख सहास
नींद स्वप्नमय
मृण्मयी सी यामिनी।

2.
हो
मूक
शिशिर
अन्तहीन
लघु कम्पन
जीवन संगीत
मृदु पंचम स्वर।

3.
हो
हरी
धरती
दिशाओं में
मिलन सुर
उमंगों में खिलें
आशा की आसावरी।

4.
हो
रात
रंगीन
मस्त मेला
मिलन बेला
हीर कनियों सी
रात रानी महके।

5.
स्त्री
सुन
उद्घोष
इच्छा–शक्ति
तेरे भीतर
आत्मा के शिल्प सी
सारगर्भित बहे।

6.
हो
तेज
हासिल
कलम को
शब्द अमर
चेतनाएं जागें
मिटे तम का भ्रम।

7.
ये
होंठ
बंजारे
अनायास
फूंके बांसुरी
मन के क्षितिज
इन्द्रधनुष बोते।

8.
माँ
अम्बे
जननी
ब्रह्मरूपा
भवतारिणी
स्नेहसुधामयी
दयादृष्टि कीजिये।

9.
माँ
अम्बे
पूजित
मंदिर में
ठिठुरी मिली
कचरापेटी में
बालिका रूप धरे।

10.
वो
नये
अंदाज
से मुस्काई
देती चुम्बन
घूँघट सरका
सूखे अधरों पर।

11.
वो
स्वर
अशब्द
समाया है
अन्तर्मन में
प्रयत्न स्पर्श सा
मधुर मुकुलित।

12.
मैं
देश
भारत
शहीदों के
बलिदान से
अपराजित हूँ
अजय अमर हूँ।

13.
है
घोर
आह्वान
चातक का
प्रथम प्यास
स्वाति का संधान
व्योम से बरसे वारि।

14.
मैं
जिए
जाती हूँ
मायूसी से
अंतर्द्वंद जीता
कोरा मन रीता
उलझे हैं सपने।

15.
है
राहें
पेचिदां
रूढ़ियों की
नारी के लिए
अस्तित्व की खोज
जीवन समझौता।

16.

है
खाली
विकृत
संवेदना
एकाकी रिश्ते
भटके शैशव
स्वयं को खोजने में।

त्रिवेणियाँ

(1)
देर होती है तो ये सोच के घर जाता हूँ
उसकी आँखों में लाखों शिकवे होंगे

चॉकलेट से बहल ही जाएगी बेटी।

(2)
शाम के सुरमई अँधेरे में
कुछ पिघल रहा है धीरे–धीरे

चाँद सी रोटी पर माँ का लाड़ घी सा।

(3)
आज फिर दब गईं दर्द की सिसकियाँ
आज फिर गूँजता कहकहा रह गया

एक बार फिर सच किसी को नहीं दिखा।

(4)
हजारों रंग से बिखरे हैं आसमान में
मगर क्यों रंग नहीं कोई मेरी रूह में

चलो फिर एक रंगीन सी पतंग उड़ाएं।

(5)
अजनबी देश है यह, जी यहाँ घबराता है
आसमान का नीलापन भी पराया सा है

क्यों न एक पतंग उड़ाए जो घर तक जाए।

(6)
कुछ लोगों से वो बच्चा जीत गया
कुछ लोगों से वो बच्चा हार गया

पतंग कटती रही 'आई–बो–काटे' होता रहा।

(7)
वफा की राह में वो चल न पाएगा, मुझे यकीन था,
मगर हरेक लम्हा उसके साथ का अनमोल था

कोई काम मुनाफे के बिना भी अच्छा लगता है।

(8)
एक रोज उसे बदल ही जाना था
एक रोज मुझे संभल ही जाना था

चलो अब कुछ असल जिन्दगी जी लें।

(9)
मेरे ख़्वाबों में तुम हो, ख्यालों में तुम हो
मेरी ख़ामोशी में तुम हो, सरगोशी में तुम हो

फिर भी कितनी अनजान हूँ मैं तुमसे।

(10)
कुछ रिश्ते बेनाम होते हैं
बेनाम रिश्ते बोझिल होते हैं

जी चाहता है रिश्ते भट्टी में जला दूँ।

(11)
राम की लड़ाई सीता के लिए
रावण की लड़ाई सीता के लिए

सीता फिर भी भटकती रही।

(12)
आधी रात बाकी है, जैसे आधी उम्र बाकी है
आधा कर्ज बाकी है, आधी नौकरी आधी उम्मीदें अभी बाकी हैं

पता नहीं जीवन आधा भी बचा है कि नहीं।

(13)
मुद्दतों पहले हम एक हुए थे
लाजिमी बहुत है हमारा अलग होना

पकने पर फल भी डाली से गिर जाता है।

(14)
हर एक हर्फ पढ़ा मेरे वजूद का
खत्म ऐसे ही कुल जिन्दगी हो गयी

बासी अखबार की बासी खबरों जैसे।

(15)
तेरा प्यार चुभता रहा रात भर
गीली–गीली स्याह–सी आँखों में मेरी

अब मोतियाबिंद सा फैला है।

(16)
माँ पापा के आँगन में पीले हाथों की छाप है
ससुराल की दीवार पर पीले हाथों की छाप है

बेटी की उपस्थिति का रजिस्टर बदल गया।

(17)
वो बारिश तो कब की गुजर गयी
भीगी दीवार से मगर खुशबू अब भी आती है

तेरे इत्र की शीशी खुली है शायद।

(18)
लहरों को भेजता है तकाजे के वास्ते
साहिल है कर्जदार समंदर मुनीम है

सूरज कबसे सूदखोर बन गया।

(19)
धूप के टुकड़े चुभते रहे पाँव में
फफोले बन के फूटे जो यहाँ वहाँ

नंगे पाँव था वो मजदूर का बच्चा।

(20)
कर्ज ले कर उम्र के लम्हों से
सांस लेती है एक अधूरी हसरत

चार बेटों के बाप का बुढ़ापा अकेले ही कटा।

(21)
अयोध्या की रानी थी वो
लंका की रानी बन सकती थी वो

सीता की किस्मत में जंगल ही थे।

सीपिकाएँ

(1)

चुप–चुप सा क्यूँ खड़ा है दर्द,
यादों की तेज आँच में
तप कर सोने सा उभरा है दर्द

मुस्कराना मुझे भी आता है
पर बेसबब कौन मुस्कराता है
आँखों के कोरों में जब अटका है दर्द

लोगों से मिलने–जुलने पर
कम होना था पर बढ़ा है दर्द
शायद जानने वालों से कुछ डरा सा है दर्द।

(2)

सच्चे रिश्ते बेशर्त होते हैं
बिना किसी अपेक्षा के जीते हैं
जी चाहता है
अपने जीवन की सारी शर्तें
उनपर निछावर कर दूँ
जब तक जीऊँ
बेशर्त रिश्ते निभाऊँ।

(3)
बूढ़े और बालक
एक समान हैं
यही कहते हैं सब
क्या फर्क है
बूढ़े और बालक में?
फर्क ही फर्क है,
यह भी कोई प्रश्न है!

बूढ़ा उठता भी है तो गिरते–गिरते
बालक गिरता भी है तो उठते–उठते
एक में जिस जगह भविष्य का समापन है
दूसरे में उसी जगह शुभागमन।

(4)
मौत से क्या डरना
एक ही बार आती है,
डरना है तो जिन्दगी से डरो
जीने की चाह में रोज,
कितना खुद को मारते हो।।

(5)
मेरी इच्छाएँ
उन चिड़ियों के झुंड जैसी
जो रोज आती है आँगन में,
मेरी आशाओं के दाने चुनने
चीं चीं कर याद दिलाती है कि
इच्छाएँ नहीं होंगी
तो क्या होगा मेरा।

(6)
अपनी मौत से मुझे
डर नहीं लगता,
डर लगता है मेरे अपनों को
मेरी मौत से।

(7)
आप तो चाँद हो जिसे याद करते हैं सभी
मेरी किस्मत तो सितारों जैसी रही
याद करता नहीं कोई
अपनी ख्वाहिशों के लिए भी
मेरे टूटने के इंतजार में सभी।

(8)

अपनी बेबसी पे आज खुद ही रोते हैं
दर्द अपना है जान आँखों से मोती पिरोते हैं,
अश्क बन के ही बह जाए ये दर्द शायद
इसलिए आँखों की नमी बरकरार रखते हैं।

(9)

पहली याद आई
तिनका धर चली गई,
दूसरी ने तिनकों पर
सजा दिए तिनके,
घोंसला चहचहा उठा।

(10)

छूट न जाए साथ
जतन से जिसको हमने जोड़ा था
पाने को सान्निध्य तुम्हारा
क्या–क्या छोड़ा–जोड़ा था।

(11)
तुम तक पहुँचने के लिए
समझ नहीं आ रहा
एक कदम आगे बढ़ाऊँ
या दो कदम पीछे
या रुकी रहूँ यूँ ही
मील के पत्थर बताते हैं
दूरी बहुत है।

(12)
तुम चाहते हो
मेरी कविता से
तुम्हारे लिए
पीड़ा, संवेदना और प्रेम का उन्माद छलकना चाहिए
परन्तु उसे पढ़ते समय
क्या तुम्हारी आँखों से कुछ भी नहीं झलकना चाहिए!

(13)
आदतें भी अजीब होती हैं,
जैसे सांस लेने की आदत
जाने कब छूटेगी ये आदत।

(14)

वो कहता था
तुम्हारी निश्छल मुस्कान
लगती है ठंड में उज्ज्वल धूप की तरह
आँखों ने देखे कुछ और सपने
खूबसूरत तितलियों से रंग भरे
नन्हें पंछियों से चहचहाते सपने
मेरे दोनों हाथों की मुट्ठियाँ बंद थीं
अचानक उठा जाने कैसा तूफान
खुल गई थीं मेरी मुट्ठियाँ
अब मेरी हथेलियों में चुभती है
उदासी, निराशा और अविश्वास की रेत
धीरे–धीरे टूट गईं मोह की कड़ियाँ
मेरी मुस्कान को कालिमा डंस गयी है।

कहानी

राधा की मौत

'उफ! कितनी कसके चुटिया की है माँ।' लगभग चीखते हुए कमली बोली और ठुनक कर चोटी खोलने लगी पर माँ का एक जोर का हाथ पीठ पर पड़ा तो रुक गयी।

'यहाँ रोज काम पर जाने में देर हो जाती है और इन पिल्लों के नखरे ही नही खत्म होते।' पंचम स्वर में चिल्लाती हुई शांति खाट पर पड़े अपने पति कल्लू को भी एक जोर का धक्का मारने से नहीं चूकी। 'काम धाम कुछ करता नहीं बस थोड़ी देर रिक्शा चलाएगा शाम को उसी कमाई की दारु पी के आजाएगा।'

फिर राधा को हड़काने लगी। राधा जिसके माँ–बाप फुटपाथ पर सोते हुए किसी ट्रक के पहियों की भेंट चढ़ गए किस्मत खराब थी राधा की जो बच गयी। और राधा अपने माँ–बाप की मौत के मुआवजे के साथ उसकी बुआ शांति के घर आ गयी। अब राधा भी 4 घरों में काम करती है पर बुआ शांति ने कभी उसे अपनी बेटी नहीं माना। 19 साल की राधा अब शादी की उम्र की हो गयी है पर शांति को उसकी शादी की कोई फिक्र नहीं, पैसा खर्चा होता है शादी में।

कमली और उसके दो छोटे भाई स्कूल जाते हैं। कल्लू कई बार कह चुका है, कि कमली की पढाई छुड़ा कर उसे भी दो–चार घर पकड़वा दे पर शांति कहती है 'सुनो जी काम करने को मैं और राधा ही बहुत हैं अभी कमली स्कूल जाती है तो सरकार की तरफ से वर्दी के पैसे, किताबें और रोज का खाना मिल जाता है। ऊपर से सरकार ने जो योजना लड़कियों को पढ़ाने की चला रखी है उससे भी पैसे आ जाते है। ये राधा को घर में रखा है तो ये काम करे मेरी बेटी क्यों।'

बड़बड़ाती हुई एक प्याला चाय पी, शांति घर से निकल गयी। रास्ते में भी सोचती जा रही थी वो बड़ी कोठी वाली माताजी का दिल कितना छोटा है गेहूँ खराब हो गए पर मुझे नहीं दिए और वो दूसरी मेमसाहब! ऑफिस जाते वक्त सारा दूध फ्रिज में रख कर ताला लगा जाती है नौकर के लिए दूध अलग आता है और वो मुआ एक कप चाय भी नहीं देता।

राधा भी शांति के जाने के बाद घर से निकली तो रास्ते में दीपक ने हाथ

पकड़ कोने में कर लिया। दीपक भी अनाथ था और राधा से प्यार करता था।

'राधा आज तुझे फैसला करना ही पड़ेगा या तो तू मुझसे शादी कर वरना मैं अकेले ही ग्वालियर चला जाऊँगा। मेरे फैक्ट्री के मालिक मुझे ग्वालियर भेज रहे हैं। वहां हम दोनों आराम से रहेंगे। यहाँ तो तेरी बुआ तेरी शादी करने से रही।'

राधा ने सोचने में ज्यादा वक्त नहीं लगाया एक सुनहरे और सुखद भविष्य की कल्पना ने उसे ज्यादा सोचने ही नहीं दिया। तुरंत उलटे पाँव घर जाके कुछ कपडे, पैसे जो उसने बुआ से छुपा के रखे थे और अपनी उम्र का प्रमाणपत्र एक बैग में डाला दीपक के साथ निकल गयी।

शाम को गुस्से में आई शांति। 'कहाँ गयी वो राधा चुड़ैल? आज कहीं काम पर नहीं गयी। सब बीबीजी गुस्सा हो रही थीं दो घरों का तो मुझे ही काम करना पड़ा।'

पर राधा का कोई आता पता न देख अपने बेटे को दौड़ाया कल्लू को बुलाने के लिए। जब तक कल्लू आया तब तक सारा मोहल्ला जमा हो चुका था और किसी ने शांति को बता दिया था कि उसने राधा को दीपक के साथ स्टेशन पर देखा था। शांति पानी पी–पी कर राधा को कोस रही थी उसे गालियां दे रही थी और ऐलान कर चुकी थी कि राधा से अब उसका कोई सम्बन्ध नहीं है। बड़ी मुश्किल से कमली और कल्लू ने शांति को शांत कराया।

चार दिन बाद लोगों ने देखा कि शांति के घर पर ताला लटका है और पूरा परिवार गायब है। वापस आये तो फौरन झुग्गी की छत की मरम्मत करा ली और झुग्गी भी ठीक करा ली। कल्लू ने कमली बेटी की सगाई तय होने की मिठाई भी खिलाई।

एक महीने बाद अचानक शांति की झुग्गी से जोर–जोर से आवाज आ रही थी रोने की। लोग जमा हुए तो पता चला कि राधा और दीपक जिस ट्रेन में जा रहे थे उस ट्रेन का एक्सीडेंट हो गया और दोनों मारे गए शाम को ही किसी ने आके खबर दी। सभी को राधा और दीपक के लिए दुःख हुआ। बस्ती की औरतें भी शांति के रोने में बुक्का फाड़ कर सुर मिलाने लगीं।

पर अंदर की बात कोई नहीं जानता था। राधा और दीपक की मौत की खबर अगले ही दिन लग गयी थी। राधा अपने साथ जो प्रमाण पत्र ले गयी थी उसी से पता देख कर रेलवे वालों ने शांति और कल्लू को खबर कर दी थी। दोनों चुपचाप बच्चों को बहन के घर छोड़ कर वहां पहुंचे। रेलवे दोनों का अंतिम संस्कार कर चुकी थी। शांति ने चैन की सांस ली कि पैसे बच गए। फिर दोनों मियां–बीवी मुआवजे की रकम समेटने

में लग गए। राधा एक काम और अच्छा कर गयी थी जाने से पहले दोनों ने मंदिर में शादी कर ली थी और फोटो भी खिंचाई थी जो उसके सामान से निकली इसलिए दीपक को दामाद बता कर उसके हिस्से का भी मुआवजा भी दोनों समेट लाये थे।

आज शांति राधा को दुआ दे रही थी कि मरते–मरते भी काम आ गयी।

संस्मरण

वो कौन था?

(ये कोई कहानी नहीं सत्य घटना है और मेरी जिन्दगी का एक अविस्मरणीय प्रसंग है जो मैं अपनी पूरी जिन्दगी नहीं भूल सकती।)

ये किस्सा 1994 का है। मेरी नयी–नयी शादी हुई थी और हम मद्रास में रहते थे।

रात के 12 बजे थे मैं और मेरे पति बैठे टीवी पर मूवी देख रहे थे। अचानक मेरे पति जो इंडियन एयरलाइन्स में पायलट थे बोले, 'प्रीति भूख लगी है।'

'शाम को तो आपने कहा था कि भूख नहीं है इसलिए कुछ बनाया नहीं अब आप बोलो क्या बना दूँ?' मैंने पूछा।

दरअसल मेरे पति कैप्टन सुशील कुमार दोपहर 4 बजे ही कोलोंबो की फ्लाइट कर के आये थे और हम दोनों ने काफी लेट लंच किया था इसलिए शाम को खाने का इरादा नहीं था। पर अब रात के 12 बजे तक हम दोनों को ही भूख लग आई थी। मैंने फौरन पुलाव की तैयारी करी और कूकर गैस पर चढ़ा कर ड्राइंग रूम में आ गयी। हम दोनों हंस रहे थे कि लोग क्या कहेंगे इतनी रात इनके यहाँ कूकर सीटी बजा रहा है।

12.30 बजे के करीब दरवाजे पर घंटी बजी। उस वक्त आजकल की तरह मोबाइल नहीं होते थे और हमारे घर लैंड लाइन भी नहीं था। इसलिए यदि किसी फ्लाइट के लिए सूचना देनी होती थी तो एयर पोर्ट से कोई आदमी आता था और पेपर देके जाता था।

मेरे ड्राइंग रूम में दीवान नहीं था इसलिए गद्दा जमीन पर बिछा रखा था जिसकी दूरी दरवाजे से 10 कदम की थी जिस पर मेरे पति लेटे थे। मैं बस किचन से आई ही थी इसलिए दरवाजे के पास ही खड़ी थी। घंटी बजने पर मैंने मैजिक आई से झाँका तो बाहर करीब २४–२५ साल का एक लड़का ड्राइवर की यूनिफार्म में खड़ा था करीब ३० सेकंड तक मैंने उसे देखा फिर अपने पति को कहा, 'सुनो शायद मूमेंट कंट्रोल से कोई फ्लाइट की सूचना लेके आया है आप दरवाजा खोलो।'

मेरे पति उठे और दरवाजा खोलने से पहले उन्होंने भी मैजिक आई से बाहर

देखा तो उन्हें भी यूनिफार्म में लड़का नजर आया और शायद सेकंड भी नहीं लगा होगा उन्होंने दरवाजा खोल दिया।

पर वहां कोई नहीं था! कोई भी नहीं! हम दोनों हैरान थे कि तीसरी मंजिल से अचानक कोई कैसे इतनी जल्दी गायब हो सकता है? ना भागने की आवाज न किसी के चलने की बस सन्नाटा था। ये फौरन नीचे भागे पर कोई नही था। ऊपर आके ये छत पर गए जहाँ से भागने का कोई चांस ही नहीं था। मैं बहुत डर गयी थी बार–बार इन्हें अंदर चलने को कह रही थी। वो रात हमारी हैरानी में बीती।

सुबह उठे तो देखा ड्राइंग रूम का गद्दा खिड़की के पास रखा था। किचन में डब्बे खुले पड़े थे। मैं कांप रही थी। इन्होने मुझे शांत कराया, 'हो सकता है तुम ही डब्बे खुले छोड़ गयी हो रात को और शायद ध्यान नहीं रहा हो।'

'और ये गद्दा! इसका क्या?' मैंने पूछा।

इन्होने मुझसे झूठ बोल दिया 'वो रात को मुझसे पानी फैल गया था इसलिए मैंने गद्दा सरकाया था।' पर शायद ये भी घबरा गए थे।

10 बजे सूरी अम्मा आई काम करने। मद्रास में उस वक्त सिर्फ एक अम्मा ही थी हमारे जानकारों में जो हिंदी और तमिल जानती थी और मेरे अकेलेपन की साथी थी। जब भी मेरे पति लम्बी फ्लाइट पर जाते थे और दो–दो दिन नहीं आते थे तब अम्मा ही मेरे घर आके सो जाती थी। मैंने अम्मा को रात का किस्सा सुनाया। पता नही क्यों पर अम्मा के चेहरे पर कई रंग आके चले गए पर उसने भी मुझे बहला दिया, 'अम्मा कुछ नहीं तुमको वहम हुआ होगा।' पर मैंने महसूस किया कि वो कुछ परेशान हो गयी।

इनको दो दिन के लिए बॉम्बे जाना था पर ये जाना नहीं चाहते थे। मुझे अकेला नहीं छोड़ना चाहते थे पर मेरे और अम्मा के काफी कहने पर मान गए। तय हुआ कि अम्मा अपना सब काम निपटा कर मेरे पास ही आ जाएगी। ये बॉम्बे चले गये। दिन तो शांत ही बीता। शाम को अम्मा आ गयी क्यूंकि मैं पिछली रात सोयी नहीं थी इसलिए मुझे जल्दी नींद आ गयी। अम्मा भी बरामदे में पंखे के नीचे बिस्तर लगा के सो गयी।

रात अचानक गौं–गौं की आवाज सुन कर मेरी नींद खुल गयी। भाग के बाहर गयी तो देखा अम्मा जमीन पर पड़ी छटपटा रही थी बहुत घबरा गयी थी मैं।

'अम्मा! अम्मा! क्या हुआ? क्या हुआ?' कह कर मैं अम्मा को उठाने लगी पर ऐसा लग रहा था जैसे कोई अम्मा का गला दबा रहा हो बड़ी मुश्किल से अम्मा ठीक हुई।

'रात जब मैं सो रही थी तो दरवाजे पर घंटी बजी मैंने थोड़ी नींद में ही दरवाजा खोल दिया बाहर कोई नहीं था मैं फिर दरवाजा बंद करके सो गयी। सोते में किसी ने मेरा गला दबाया।' अम्मा बता रही थी।

वो रात भी मैंने और अम्मा ने बैडरूम में अंदर से कुण्डी लगा कर जागते हुए बितायी। पूरी रात बाहर से अजीब–अजीब आवाजें आती रहीं। मैं पूरी रात हनुमान चालीसा पढ़ती रही। सुबह सारा घर अस्त व्यस्त था। मेरे तो बदन में काटो तो खून नहीं था।

दिन फिर बीत गया शांत। शाम को मुझे डर लगने लगा कहीं अम्मा नहीं आई तो? हे भगवान! तब मैं क्या करूंगी? पर उस शाम अम्मा आई तो उसके पास कुछ ताबीज था। उसने एक खुद बाँधा और एक मुझे बाँध दिया। फिर हम दोनों ही रात का इंतजार करने लगे रात ठीक 12.30 बजे फिर घंटी बजी। अम्मा ने मैजिक आई से झाँका, फिर मुझे बुलाया मैंने भी देखा वही लड़का था जो उस रात था। फिर अम्मा ने अंदर से आवाज लगाई और तमिल में कुछ बोला (हिंदी रूपांतरण) 'जाओ यहाँ से, यहाँ अब कोई नहीं रहता सब दूसरे घर में रहते हैं।' फिर उसने कॉलोनी के ही किसी घर का नंबर बोला। उसके 2 मिनट बाद ही जैसे सब शांत हो गया। बाहर कोई नहीं था। अम्मा से मैंने बहुत पूछा कि 'ऐसा क्यों कहा आपने? वो लड़का कौन था? आपने किस घर का नंबर बताया?' पर अम्मा तो जैसे बिलकुल चुप थी और सुबह चली गयी मेरा ताबीज भी ले गयी। दिन शांत बीता शाम को पति आ गए। उन्हें मैंने सब बताया। वो रात शांत बीती कुछ नहीं हुआ पर मैं बहुत डरी रही।

अगले दिन फिर इनको 10 दिन के लिए हैदराबाद जाना था और ये मुझे अकेला नहीं छोड़ना चाहते थे इसलिए सुबह की फ्लाइट से ही इन्होने मुझे दिल्ली भेज दिया और खुद हैदराबाद चले गए। घर पहुंच कर सबके बीच मैं उस हादसे को भूलने की कोशिश करने लगी। 15 दिन बाद हम वापस आये। सब नार्मल था।

किसी से पता चला कि जिस दिन हम लोग गए उस दिन कॉलोनी में किसी औरत का गला दबा के मार डाला किसी ने। पर किसने ये अभी तक पता नहीं चला है।

आने के बाद एक दिन शाम को चाय पीने के बाद इन्होने कहा चलो थोड़ा टहल कर आते हैं। हम दोनों कॉलोनी में टहल रहे थे कि एक आंटी मिली जिनको मेरे पति जानते थे वो पहले उसी घर में रहती थीं जहाँ अब हम रहते थे। हम दोनों को देख उन्होंने अभिवादन किया और थोड़ी देर बातचीत के बाद अपने घर चलने का आग्रह करने लगीं तो हमने उनके घर जाने का विचार किया।

उनके घर में बैठे थे उन्होंने पानी ला के दिया और चाय बनाने चली गयीं। अचानक मेरी नजर एक फोटो पर गयी वो उसी लड़के की फोटो थी जो रोज रात को आकर घंटी बजाता था। मैंने वो फोटो अपने पति को दिखाई उन्होंने भी उसे पहचान लिया और उनका गुस्सा चढ़ने लगा आने दो आंटी को बताता हूँ परेशान कर रखा था इसने।

इतने में आंटी चाय लेके आ गयीं मेरे पति ने फोटो की तरफ इशारा कर के पूछा 'ये लड़का आपका कौन है?'

'ये मेरा बेटा है।' आंटी बोली

'इसने 3 दिन परेशान कर रखा था रोज रात को आकर घंटी बजाता था फिर भाग जाता था।' ये बोले

'पर ये घंटी कैसे बजा सकता है! इसे मरे तो एक साल हो गया।' सुन कर हम दोनों के हाथ से चाय का कप गिरने को हुआ मेरे पूरे बदन में रौंगटे खड़े हो गए।

'आज से एक साल पहले ड्यूटी से लौटते हुए इसकी एक्सीडेंट में मौत हो गयी तब हम उसी मकान में रहते थे जिसमे अब आप हो। 15 दिन पहले उसकी बरसी थी। उसी दिन मेरी बहू को किसी ने गला दबा कर मार डाला।' फिर वो रोने लगीं। रोते–रोते उन्होंने बताया कि 'मेरे बेटे की नयी शादी हुई थी पर मेरी बहू किसी और को प्यार करती थी इसलिए उसने एक दिन मेरे बेटे को ड्यूटी जाने से पहले नींद की गोली खिला दी जिससे उसका एक्सीडेंट हो गया और उसकी मौत हो गयी। बहू उसकी मौत का एक साल पूरे होने का इंतजार कर रही थी। उस दिन उसकी बरसी के लिए यहाँ आई थी और रात रुकी थी। पर सुबह देखा उसका किसी ने गला दबा दिया।' थोड़ा रुक कर आंटी बोली 'एक दिन सूरी अम्मा आई और उसने सब बताया कि कैसे एक दिन पहले उसका गला दबाया किसी ने, और अगले दिन उसने हमारे घर का नंबर बताया। तब मुझे पता चला कि वो और कोई नहीं मेरा बेटा था जिसने आप लोगो को परेशान किया और मेरी बहू का गला दबाया। पर मेरी बात पर कोई यकीन नहीं करेगा इसलिए ये बात सिर्फ आप लोगों को बता रही हूँ।'

सुन्न दिमाग से हमने आंटी से विदा ली।

उसी क्षण मैं फिर उस घर में ना रहने का मन बना चुकी थी और उसी हफ्ते हमने वो मकान छोड़ दिया।

संस्मरण

मंदिर वाली माताजी

मेरी कामवाली ने आ कर बताया कि– 'दीदी आपकी मंदिर वाली माता जी मर गयीं।'

परसों ही तो उन्हें देखा था काफी बीमार लग रही थीं। उनका पोता उन्हें डॉक्टर के पास ले जा रहा था। एक बार को मन किया कि गाड़ी रोक कर माता जी से बात करूँ पर पोता साथ था इसलिए रह गयी। बात कर लेती तो शायद अच्छा होता। सुनकर लगा कि अफसोस करूँ या खुश होऊं?

'मंदिर वाली माता जी' ये नाम मैंने ही दिया था उन्हें। पांच सालों से उन्हें सावन के चालीस दिन रोज मिलती थी। मंदिर में रोज दिया जलाने जाऊं तो शाम को वो मेरा इंतजार करती मिलती थीं। पांच सालों में उन्हें एक जैसा ही पाया मैंने, उम्र 80 साल, पतली दुबली, थोड़ी झुकी हुईं, शांत और हमेशा पेट की बीमारी से ग्रसित।

एक अंजाना सा रिश्ता था उनसे। मुझे देखते ही मेरे पास आ जातीं, ढेरों आशीर्वाद देती, फिर इधर–उधर देखती अपने मन की तकलीफ बताती 'आज बहू ने खूब खाना बनाया, जो बचा वो फेंक दिया पर मुझे रोटी नहीं दी। मैंने खुद अपने लिए रोटी बनाई।' कभी कहती 'कई दिनों से मेरे दांत में दर्द है रोटी नहीं खायी जाती, पर दूध नहीं देती बहू।' याद है मुझे अगले दिन मैं उनके लिए बिना अंडे का केक बना कर ले गयी थी पर उस दिन वो नहीं आई थीं। दुःख हुआ मुझे, पर जाते वक्त मंदिर के गेट पर मिल गयीं मैंने उन्हें केक दिया तो उनकी आँखों में आंसू आ गए। अगले दिन कह रही थी 5 दिन बाद पेट भरा कल मेरा।

ऐसा नहीं था कि वो गरीब थीं, 500 गज की कोठी उनके नाम थी। ना वो विधवा थी, बनियो की बेटी, खाते पीते घर की बहू, 4 भाइयों की एकलौती बहन पर कोठी उनके नाम होना उनके लिए जी का जंजाल बन गया। बेटे–बहू चाहते कि बुढ़िया मर जाए पर वो सख्त जान जीए जा रही थीं। सबसे ऊपर की मंजिल पर कमरे में पंखा नहीं चलने देते थे कि बिजली का बिल आएगा, सर्दी में नहाने को गर्म पानी नहीं देते, पेट की तकलीफ से जब दस्त लग जाते तो वो हर बार ठन्डे पानी से नहाती फिर छाती जुड़ जाती तो खांसी बैठ जाती।

मंदिर में बिताये वो 15 –20 मिनट हम दोनों को ही खूब भाते थे, कई बार ये सुन कर मेरा खून खौल जाता था डांटती भी थी मैं उनको कि क्यों सहती हो आप ये सब क्यों नहीं सबको ठीक कर देती? पर वो डरती थीं। जिस दिन मैं लेट होती तो अगले दिन पंडित जी कहते मेरा इंतजार किया उन्होंने।

सावन के आखरी दिन हम दोनों ऐसी हो जाती कि जैसे कितनी पुरानी सहेली जुदा हो रही हो। चालीस दिन का साथ जो छूट रहा होता था। एक दूसरे से वादा करते कि बीच–बीच में मिलते रहेंगे मंदिर में। और फिर अगले साल सावन तो आएगा ही तब तो मिलना रोज होगा ही।

कामवाली हर महीने उनकी कोई न कोई खबर सुना ही देती कि माता जी को उनके घर वालों ने पागल करार दे दिया है। मारते पीटते हैं। एक बार तो घर भी गयी थी उनके, पर उन्होंने मना कर दिया अगर कोई उनसे मिलने आये तो उनके घर वाले घर से निकलना बंद कर देते हैं।

आज उनके जाने की खबर सुन कर दुःख हुआ कि अब सावन के वो चालीस दिन कौन मेरा मंदिर में इंतजार करेगा? पर सुकून मिला कि उन्हें अपनी तकलीफों से छुटकारा मिला। भगवान 'मंदिर वाली माताजी' की आत्मा को शांति दें। सखी तुम सदा याद आओगी।

कहानी

आभासी दोस्त

'मम्मा please hurry up! सब बच्चे क्लास में पहुँच जाएंगे and I don't want to be late और सुन लो मम्मा आप क्लास खत्म होने के आधा घंटा बाद ही आना। मैं और लाक्षी कुछ देर साथ बैठ कर बातें करेंगे और अगर आप पहले आईं तो मैं नहीं आउंगी आपके साथ।'

माधवी बड़ी हैरानी से अपनी 8 साल की बेटी हिना को देख रही थी! जो एक सांस में इतनी सारी बातें बिना रुके बोले जा रही थी।

दो महीना पहले तक एक दम चुप रहने वाली उसकी बेटी जैसे अचानक बदल गयी थी। जबसे उसने dance class जाना शुरू किया है और वहां हिना की दोस्ती किसी लाक्षी नाम की लड़की से हुई है।

'OKK बेटा OKK DNT WORRY मैं आधा घंटा LATE ही आउंगी।'

माधवी ने कहा और अपनी नौकरानी सरोज के साथ हिना को DANCE क्लास भेज दिया।

हिना के जाने के बाद माधवी अपने बचपन की यादों में खो गई। अपने माँ–पापा की एकलौती बेटी माधवी बचपन में बेहद शांत और खोई–खोई सी रहती थी। मम्मी–पापा चाहते थे वो भी थोड़ा नटखट और शरारती हो जाए पर माधवी एक दम शांत बच्ची थी। जब माधवी 6TH क्लास में आई तो उसे बस में एक सहेली मिली 'खुशी' उसके साथ माधवी की अच्छी दोस्ती हो गयी। साथ बस में आना जाना, स्कूल में लंच में साथ घूमना। क्यूंकि खुशी उसकी क्लास में नहीं थी पर कभी–कभी चुपके से उसकी क्लास में भी आ जाती, teacher पढ़ाती रहती उसे पता ही नहीं चलता था। पर उन दिनों माधवी बहुत बदल गई थी बेहद चंचल, हद दर्जे की शरारती और बातूनी। एक दिन प्रिंसिपल ने माधवी के parents को बुलाया और उन्हें ना जाने क्या कहा कि मम्मी–पापा ने उसे अगले दिन से स्कूल भेजना बंद कर दिया और महीने भर में ही पापा ने अपना तबादला दूसरे शहर में करा लिया। फिर दूसरे शहर और दूसरे स्कूल जाके 'खुशी' एक याद बन के रह गई माधवी के मन में।

हिना को डांस स्कूल से लाने का टाइम हो रहा था। माधवी ने सोचा आज मैं भी लाक्षी से मिल कर आउंगी पर फिर उसको हिना की झिड़की याद आ गयी कि 'आधे घंटे बाद आना।' तो मन ही मन मुस्कुरा पड़ी माधवी।

ट्रिंग.... ट्रिंग... ट्रिंग...फोन की घंटी की घनघनाहट से माधवी की तन्द्रा टूटी। फोन उठाया बोली– 'हेलो'

'हाँ जी हेलो.... मैं हिना के डांस स्कूल से हिना का डांस टीचर बोल रहा हूँ। क्या आप स्कूल आ सकती हैं? आपसे कुछ जरूरी बात करनी है।'

'क्या हिना ने फिर कोई शरारत की क्या?' माधवी थोडा परेशान हो गयी। 'या कहीं डांस करते उसे चोट तो नहीं आई?'

'नहीं–नहीं ऐसा कुछ नहीं है। बस आपको कुछ बताना था। आप हिना को लेने आ रही हैं न?' टीचर ने यह कह कर फोन रख दिया।

पसोपेश में पड़ गयी माधवी। वो उठी और स्कूल जाने के लिए तैयार होने लगी। भागती–भागती सी माधवी स्कूल पहुंची तो देखा क्लास अभी खत्म नहीं हुई थी बच्चे बाहर नहीं आये थे। माधवी वहीं एक कुर्सी पर पंखे के नीचे बैठ गई और भी मम्मीयां वहां इंतजार कर रहीं थीं।

अचानक एक औरत माधवी की तरफ आने लगी।

'hii ... क्या तुम माधवी हो?'

माधवी ने थोडा हैरानी से उस औरत के चेहरे की तरफ देखा। पर पहचान नहीं पायी।

'जी .... पर क्या मैं आपको जानती हूँ?' माधवी उहापोह की स्थिति में थी।

'अरे! मैं हूँ तेरी बचपन की सहेली खुशी।'

सुन कर जैसे माधवी को झटका लगा। फिर उसने माधवी को गले लगा लिया। आसपास की मम्मीयां दोनों को हैरानी से देख रहीं थीं।

पर माधवी तो जैसे भूल ही गयी सबकुछ। कितने सालों बाद दोनों सहेलियां मिलीं थीं। वहीं बैठ के दोनों बात करने लगीं। पागलों की तरह हंस रही थीं दोनों। खुशी ने बताया कि वो यहाँ अपनों बेटी लाक्षी को लेने आई है।

'अच्छा! तो लाक्षी तेरी बेटी है! और जैसे तूने मुझे बिगाड़ा था अब वो मेरी बेटी हिना को बिगाड़ रही है।' कहके जोर से ठहाका लगाया दोनों ने।

बातों–बातों में पता ही नहीं चला कब डांस टीचर उसके पीछे आके खड़े हो

गए। माधवी ने खुशी से कहा–'तू रुक जरा मैं sir से बात कर लूँ।'

'आप हिना की मम्मी हैं?' सर ने हैरानी से पूछा।

'जी... मैं ही हिना की मम्मी हूँ। आपको क्या बात करनी थी बताइये?'

'मैं आपसे आपकी बेटी के बारे में बात करना चाहता था। हिना अपने आपसे बात करती है... हंसती है... रोती है... कुछ कहने पर सुनती नहीं और कहती है मैं अपनी दोस्त लाक्षी से बात कर रही हूँ। पर आज आपको भी खुद से ही बातें करते देख समझा कि ये सब वो आप से ही सीख रही है।'

'क्या कहा आपने?... मैं खुद से बात कर रही थी! जी नहीं... मैं अपनी बचपन की दोस्त खुशी और लाक्षी की मम्मी से बात कर रही थी।'

'जी नहीं मैडम ..... पिछले आधे घंटे से आप अकेली ही बातें कर रहीं हैं... हंस रही है... ठहाके लगा रही हैं।' सर बोले।

माधवी को लगा जैसे धरती हिल रही है। उसे समझ आया कि सब औरतें उसे हैरानी से क्यूँ देख रही थीं।

'madam ... हम आपकी बेटी को डांस स्कूल में नहीं रख सकते और बच्चों पर इसका असर पड रहा है।' सर ने फरमान सुनाया।

माधवी को आज समझ आया कि प्रिंसिपल ने मम्मी–पापा को क्या कहा होगा जो उन्होंने उसका स्कूल के साथ शहर भी बदलवा दिया था।

तभी और बच्चों के साथ हिना बाहर आई क्लास से।

कितनी मासूम लग रही थी। वो हाथ हिला हिला के किसी को विदा दे रही थी। उसने देखा खुशी के साथ जा रही लाक्षी को हिना इलम कर रही है।

मुस्कुराते हुए खुशी ने भी हाथ हिलाया जैसे कह रही हो 'मेरा काम खत्म हुआ... अब विदा.... ।'

माधवी ने हिना का हाथ पकड़ा और बाहर आ गयी। उसने सोच लिया था कि हिना को कुछ नहीं बताएगी। पर शाम को अपने पति राजेश को अपना तबादला कराने को कह देगी।

www.ingramcontent.com/pod-product-compliance
Lightning Source LLC
LaVergne TN
LVHW100553051026
849519LV00003B/940

* 9 7 8 9 3 8 5 1 9 3 4 6 0 *